AF291031

# TERRA MONDIAL, LANDET BORTOM HORISONTEN

En roman av

## ROBERT VASZI

Boktitel: Terra Mondial, landet bortom horisonten.
Omslagsbild: Robert Vaszi
Författare: Robert Vaszi
Copyright: © 2016 Robert Vaszi
Typsnitt: Cambria
Tryck: Books on Demand Tyskland
Förlag: Books on Demand Sverige

(Reviderad upplaga. 2017)

ISBN: 978-91-7569-716-1

*"Denna bok är tillägnad alla dem som vågar stå upp för det fria ordet och mot tyranni."*

R. Vaszi

# LATINSKA ORD SOM ÅTERKOMMER I BOKEN

*Ars longa, vita brevis*= Konsten är lång, livet kort.

*Alea iacta est* = Tärningen är kastad.
(Caesar när han korsade floden Rubicon)

*Cui bono* = Till vems gagn/fördel.  (Cicero)

*Amor vincit omnia*= Kärleken övervinner allt.

*Via Dolorosa*= Smärtans väg. (Vägen upp till Golgata)

*Errare humanum est, ignoscere divinum*=
Att fela är mänskligt. Att förlåta är gudomligt.

*Corpus delicti*= Brottets kropp.
Synligt bevis på ett begånget brott.

*Ave Maria, gratia plena*=  Hell dig, Maria, full av nåd.
(början på katolsk bön)

*Dixi et salvavi animam meam*=
Jag har talat och räddat min själ.

*Dominus tecum*=  Herren vare med dig.

*Cuiusvis hominis est errare*= Vem som helst kan fela. (Cicero)

# PROLOG

**Vintermörkret** låg som en dimma över staden. Kvällen var kall och vinden bitande. Gator och torg låg öde och tysta. Med blåljusen på körde ambulansföraren så fort som det bara gick i det hala väglaget. Den gamle mannen hörde inte hur det tjöt i bildäcken. Inte såg han heller när ambulansen bromsade in utanför lasarettet. Ej heller såg han hur ambulanspersonalen med snabbhet förde in båren genom akutintaget. Den gamle såg inte heller att mannen som låg på båren... var han själv.

# DEL 1

KAPITEL 1

TERRA MONDIAL

" La Stada, 1936 "

**Om jag ska** försöka förklara var på jordgloben man kan hitta landet Terra Mondial, så kan jag nog säga att det ligger i mitten. Kanske lite högre upp och mer till vänster än till höger. Och det ligger vid havet, inklämt mellan tre länder som för enkelhetens skull har döpt efter deras geografiska läge. I norr har vi alltså Nordlandet, i öster Östlandet och i söder har vi Sydlandet. Och korsar vi havet västerut så kommer man till Västlandet.

Terra Mondial är ett litet land, och på många äldre kartor och kartböcker kan man bara se landet som en liten vit fläck. Som en duvskit, måsskit, det är bara att välja. På den tiden landet bara var en måsskit på sjöfararnas kartor beboddes landet av infödingar som Terra- och Mondialindianerna. Upptäckten av guld suddade snabbt bort måsskiten ur kartböckerna och ersattes av en annan vit substans. Den vite mannen.

Landet koloniserades och exploaterades. Missionärer stöpte om hedningar till "sanna" kristna, ofta med blodvite som följd. Intrigerna var många och likaså krigen.

Landet Terra Mondial har upplevt många krig, och män som törstat efter makt, ära och rikedomar. Allt från hövdingar, krigslordar, guvernörer, kungar och presidenter. Och nu även en diktator.

Den 20 januari 1936 tog försvarsminister Dr Nazur över regeringsmakten. Det var samma dag som Alfredo Como och hans kära hustru Carmina var på Sankta Maria sjukhus förlossningsavdelning. Medan Carmina låg och höll ömt om sin nyfödde son lyssnade poeten Alfredo Como på radions extra nyhetssändningar:

"Vi avbryter för ett viktigt meddelande: Ett försök till statskupp har idag avslöjats och många av kuppmakarna har arresterats. President Montalban och många medlemmar ur regeringen sköts till döds idag när deras bilkortege attackerades av militanta monarkister. Eftersom vice presidenten är indisponibel och fortfarande får behandling för sin sjukdom utomlands har försvarsministern beslutat att ta på sig det stora och tunga ansvaret att leda landet, med hjälp av våra lojala väpnade styrkor. För att garantera medborgarnas säkerhet gäller undantagstillstånd tillsvidare. Utegångsförbud kommer att gälla från kl. 21.00 – 05.00. Allt för er egen säkerhet. Lyd polis och militärmans uppmaning och undvik folksamlingar på fler än fem personer. Lyssna på radio och håll er lugna. Du kan själv hjälpa till och anmäla händelser eller personer som är fientliga mot vårt kära fosterland."

Radiosändningen avslutades med national-sången.


( Några månader senare )


"... och även om det ser mörkt ut så är fortfa-rande min tro på att pennan är mäktigare än svärdet stor."

Alfredo drog en djup suck och tittade på arket som låg framför honom. Trodde han verkligen på det han hade skrivit? Han ville tro att det var så. Han måste tro det. Det fanns inga andra alternativ. Inte för honom. Han tog åter pennan i sin hand och fort-satte.

"Det är min tro och min ledstjärna, och det är den tron som många med mig lever och dör för. Det fria ordet är värt att slåss för. Men räcker det bara med att pennan är vass. Givetvis inte. Pennan måste användas med förstånd, inte bara ligga i ett snyggt etui och samla damm. Den ska vara länken mellan tanke och handling. Som penseln är hos konstnären då han stryker duken med färger som berör. Så kan vi med pennan också beröra våra läsare. Vi kan med ord få folk att skratta eller gråta, att tänka, hata och förlåta. Med ord kommer makt, som måste utövas med förnuft och ansvar.

I dessa mörka tider kan det ibland vara svårt att hålla sig på den smala, snåriga stig som heter fred och medmänsklighet. Det är lätt att man irrar bort sig. Nya vägmärken och skyltar dyker upp som säger: *Detta är den rätta vägen. Följ oss.* Skyltar som säger vilka som är *goda* och *onda.* Skyltar som säger: *Vi bryr oss om dig, du är en av oss,* men som ej nämner priset man måste betala. Det kan vara din själ.

Så handla med förnuft kära broder. Men handla, och det snabbt! Jag ska göra vad jag kan, men jag vill ej vara med och gjuta mitt folks blod på gator och torg. Detta land har haft nog med krig och följderna av dem. Alltför många mödrar har gråtit i sorg över förlusten av sina nära och kära."

Alfredo Como lade ner pennan på det nötta skrivbordet, ett arv efter hans far och gick ut i köket och satte sig på soffan bredvid sin fru Carmina som satt och ammade deras nyfödde son. Han kysste henne på pannan och fick ett leende tillbaka.

Efter en bit bröd, ost och ett glas av det inhemska vinet, återvände han så till skrivbordet och uppgiften som låg framför honom. Han tog åter pennan i vänster hand och fortsatte att skriva:

" Vi ber därför om internationellt stöd i vår strävan att återinföra demokrati i vårt land. Diktatorn, Dr Nazur och hans generaler måste omedelbart avgå. Jag och många med mig önskar en oblodig lösning på detta. Vår önskan och strävan är att få världssamfundet att sluta sälja vapen till diktaturregimen, få dem att öppna sina ögon och se under vilka förhållanden vi lever under. Så bröder, systrar, vänner av det fria ordet, hjälp oss att föra ut ett oblodigt budskap till världen. Låt världen bli varse om vår svåra situation."

Han skrev under brevet med: Sekreterare i litteratur förbundet, Alfredo Como.

P.S. *Ars longa, vita brevis* . DS


Alfredo Como vek ihop brevsidorna och stoppade dem i ett brunt kuvert med adressatens namn på och slickade igen det. Sedan tog han det bruna kuvertet och lade det i ett större kuvert. På det skrev han ett helt annat namn.

Att lacka brevet och sätta sitt sigill på det var inte att tänka på, så som han i vanliga fall gjorde. I stunden var det nog bättre och säkrare med en anonym avsändare. Han satte på några extra frimärken bara för att vara säker på att det skulle nå adressaten. Men vem kunde vara säker på någonting i dessa tider? En fråga återstod dock. Vem kunde han skicka med brevet?

Många av Alfredos vänner, journalister och författare satt fängslade eller så var de försvunna, frivilligt eller ej. Själv kunde han inte lämna huset. Satt man i husarrest så satt man. Kanske skulle han fråga Maria, kokerskan.  Men hon var nära sextio år och inte kunde han utsätta henne för fara. Men vem om inte henne kunde han lita på? Maria hade varit i familjen Comos tjänst så länge han kunde minnas. Ja innan han ens var född. Maria hade med åren blivit som en kär släkting för honom. Som en faster eller moster.  Efter modern och faderns död hade han inte haft råd att ha henne kvar på heltid. Men några timmar i veckan hade det i alla fall blivit. Nu  när den lille var född så kom hon ofta och hjälpte till med att handla och städa. Ibland  kom hon bara för att höra när han, herr Como, läste något ur sitt bibliotek. Allra helst ville hon höra något ur Charles Dickens tårdrypande repertoar.

Medan han tänkte vidare på vem som skulle kunna utföra uppdraget med att posta brevet  snurrade han på sin signetring. Han såg på sina valkiga händer. Han hade aldrig varit rädd för att arbeta, *det gör gott för kropp och själ*" hade hans far sagt. "*Och ska du skriva om arbetaren så måste du också sätta dig in i arbetarens situation.*" Ord och inga visor från en vis man. Han stirrade på faderns signetring som satt på hans vänstra pekfinger, tog av den och putsade med hjälp av skjortärmen dess monogram: en ros böjd som ett C. Inne i ringen fanns en inskription, och som han nu satt och funderade över: "*Ars longa vita brevis*"

Ringen hade en gång i tiden beställts av Alfredos farmor.  Hans farfar hade fått den när han gifte sig, efter det att han hade klarat läkarexamen. Och nu satt han, sonsonen och putsade den. Då hade orden stått för läkekonsten. Nu passade orden till skaldekonsten, och där emellan hade orden fått stå för "konsten att tala väl och medryckande". Fadern hade varit professor i historisk retorik.

Ord och dess betydelser. Släktklenoder och arv.

Och en vacker dag, tänkte han. Om framtiden och Gud vill, så ska även min son bära denna släktklenod, ringen med de latinska orden: *Ars Longa Vita Brevis*. Och kanske kommer han att ge orden en ny mening.

# KAPITEL 2
## Fader Ambrosius
### ( Maj 1936)

**Fader Ambrosius** gjorde korstecknet och skyndade sig ut ur kyrkan. Även nu då han hade bråttom, vände han sig om och tittade stolt på sin kyrka, Sankt Mikaels kyrka. I mer än trehundra år har kyrkan stått här och varit människorna till tröst och hjälp. Förr hade La Stada bara varit en liten hamnstad , men  hon växte och växte och blev vad hon nu är idag: huvudstad i Terra Mondial. Men behoven hennes är desamma som då, fast i större skala.

Visst finns det en katedral här i La Stada också, men den tyckter fader Ambrosius bara är ett skrytbygge, och inte fyller den någon vettig funktion, varken som brobyggare mellan människa och Gud, eller som det fyrtorn som det var tänkt att den skulle vara. Den står bara där med näsan i vädret, mäktig och stor som biskopen själv. För biskop Roche V är en stor, rund man. Mycket rund man. Och elaka tungor säger att det är kollekten som tynger den mannen.

Men fader Ambrosius struntar i både biskopar och katedraler. Han älskar sin lilla vita stenkyrka, och  när Herren en vacker dag kallar på honom vill han bli begravd där.

Men nu hade han bråttom. Han gick fort över Plaza de Angelos, torget där bönder och bergsfolk i alla tider stått och sålt sina grönsaker och olika hantverk.

Klockan närmade sig tio denna varma förmiddag i maj. Anno 1936. Solen stod redan högt och det var varmt. Borta vid parken mötte fader Ambrosius två soldater som vinkade åt honom och han hälsade tillbaka. Men de två soldaterna ursäktade sig och gick fram till honom och frågade efter vägen till Alfredo Comos hus. Fader Ambrosius började svettas, inte bara av värmen utan av nervositet. Hade han fått informationen för sent? Skulle dessa två redan hämta herr Como? Till fots? Vad skulle han svara dem...

Fader Ambrosius hade de två soldaterna med sig på sin väg till herr Comos hus.

Det är lugnt, än så länge, tänkte han. Soldaterna hade berättat för honom att de var på väg att lösa av dem som stod på vakt utanför herr Comos hus. Han visste väl om att herr Como satt i husarrest? Visst visste han det. Han hade berättat för dem att han själv var på väg dit för att påminna herr och fru Como om dopet idag.

- Ni kan slå följe med mig, hade han sagt till dem och det med en mycket lugn, faderlig ton.

De två unga soldaterna var nästan barnsligt glada där de gick och pratade. De visade honom fotografier på flickvänner, brödrar och systrar. Den något äldre soldaten och tillika nybliven far visade stolt upp ett fotografi på sin dotter:

- Hon ska heta Maria, efter vår moder, sade han stolt och gjorde korstecknet.

Vaktavbytet var gjort och fader Ambrosius stod nu vid grinden och försökte övertala de två unga soldaterna att familjen Como måste få tillåtelse att gå till kyrkan för att döpa sitt barn. De två soldaterna skakade på huvudena och sade:

- Förlåt fader men vi har våra order.

Fader Ambrosius vände sig nu till den äldre som var nybliven far och sade:

- Även jag har order och det är att döpa barnet, i Faderns, Sonens och den helige Andens namn. Han avslutade med ett amen och så gjorde de alla tre korstecknet tillsammans.

De kom till sist överens om att fru Como med barn skulle få följa med fader Ambrosius, men att Alfredo Como fick stanna kvar, han hade ju husarrest. På detta sätt behövde ingen av dem bryta mot order som kom från högre instans.

Fader Ambrosius öppnade grinden och gick upp för trappan som förde honom till poeten Alfredo Comos hem. Fru Como stod vid dörröppningen med det lilla barnet i sin famn. Han var nästan uppe vid hennes sida då hon vinglade till lite. Han tog ett raskt steg framåt och lade sin arm runt hennes midja.

Carmina hälsade honom välkommen. Fader Ambrosius log åt Carmina och kom att tänka på hennes syster Flores som hade rymt med en sjöman. Nitton år och rymma till sjöss. Ja ungdomen, den ungdomen.

Som liten hade Carmina varit det lugna och skötsamma barnet medan Flores och hennes bror Gasparo hade varit mera åt det rebelliska och rastlösa hållet. Det hade inte ändrats med tiden. Flores rymmer med en sjöman och Gasparo går (enligt rykten) med i motståndsrörelsen. Och den bedårande Carmina gifter sig med poeten, författaren Alfredo Como.

Han hade döpt dem alla, och snart skulle han döpa ännu än, i Faderns, Sonens och i den helige Andens namn... Amen.

Alfredo höll på att byta på den lille då han såg fader Ambrosius genom köksfönstret komma gående neråt gatan med två unga soldater vid sin sida. Han förstod att de var på väg till honom. Han skyndade sig på med blöjbytet och ropade sen på Carmina, sin kära hustru.

Hon hade trollbundit honom med sina rådjursögon och med sin skönhet redan då de möttes för första gången. Ja, Carminas stora bruna rådjursögon hade lockat honom till sig som en törstig som söker sig till vattenfyllda brunnar. Ja hennes ögon var som djupa brunnar och han hade drunknat i dem. Hennes långa korpsvarta hår som böljde ner över axlar och rygg, som vågorna på ett stormigt hav, hade snärjt hans hjärta.

De hade träffats på universitetet. Carmina hade studerat musik och Alfredo hade undervisat i litteratur. Hon nitton år, han tjugosex. Nu var de man och hustru. Och de hade fått en son. De hade blivit en familj. Alfredo hoppades att hans föräldrar som båda var döda kunde se ner från himlen och se hur lycklig han var.

Men mörka moln hopade sig i fjärran och sikten var inte längre klar. Fastän solen lyste skarpt och intensivt så ville inte orosmolnen släppa greppet och försvinna. Det var sådana tider nu.


Carmina och Alfredo stod vid köksfönstret och såg fader Ambrosius stå vid grinden till deras hus och prata med några soldater. De kunde inte höra vad som sades, men de såg att soldaterna både skakade och nickade på sina huvuden.

Carmina gick bort till dörröppningen och såg fader Ambrosius öppna grinden. Hon såg att han gick med tunga steg uppför den långa stentrappan, uppåt, genom en terrass full av röda rosor.

Carmina älskade blommor. De hade varit hennes surrogat för det barn hon så länge hade längtat efter och som hon nu äntligen hade fått. Blommorna fick henne också att tänka på alla de roliga stunder hon hade haft med sin syster Flores. Var det ett år sedan hon hade stuckit med sin sjöman? Vad tiden går fort, tänkte hon och drog ett djupt andetag. Dofterna från rosorna och minnena fick henne att tappa balansen. Fader Ambrosius tog några snabba steg fram till henne och lade sin trygga arm om hennes midja och sade:

- Såja mitt barn, snedsteg kan vi alla göra, bara vi inte vacklar i tron.

Hon log och gav fader Ambrosius en puss på kinden. De gick in och Carmina frågade om han ville ha en kopp kaffe.


- Sitt ner, fader. Ni ville prata med mig i enrum, sade herr Como och pekade på en fåtölj som stod framför det stora skrivbordet.

- Tack! men jag står hellre, svarade fader Ambrosius. Jag har något viktigt att säga och jag vill inte oroa fru Como, därför detta enskilda möte.

- Så vad har ni på hjärtat fader, det är väl ingen som har dött?

Fader Ambrosius gick nervöst runt i rummet. Han tänkte. Sedan gick han fram till herr Como som stod vid skrivbordet och lade en tung hand på hans axel.

- Ni är i fara herr Como. Ni och kanske er fru också, och barnet. Jag vet inte. Men det jag vet, är det jag har hört och det är att de tänker arrestera er, herr Como.

- Hur kan detta vara möjligt! jag sitter ju redan i husarrest och kan inget göra och är intet till hot, svarade herr Como och satte sig ner. Han fingrade nervöst på sin signetring. Sedan frågade han:

- Är ni säker fader? Finns det en sådan hotbild mot mig och min familj? Det var en fråga han själv visste svaret på, men som man aldrig riktigt vill tro på. Han visste att regimkritiker och intellektuella hade arresterats, och mördats. Diktaturer är rädda för ordets makt.

Han tittade upp och såg in i fader Ambrosius blå ögon, och han såg huvudet som bar dessa ögon nicka till svar:

- Ja min son, jag är säker. Det jag nu ska berätta har jag fått reda på av människor som vill er väl. Ni har vänner, herr Como.

# KAPITEL 3
## Dopet

**Efter att ha** berättat vad han visste om hotet, lämnade fader Ambrosius herr Como i dörröppningen och ingen av dem  nämnde något om arresteringshotet för fru Como. Fader Ambrosius berättade bara för henne att hennes man inte kunde följa med på dopet på grund av husarresten. Och att de nu måste skynda sig iväg innan vakterna blev otåliga och kanske ångrade sig. Eller fick nya order. Order om att  alla skulle  arresteras, men det sade han inte till fru Como. Han tog istället täten och gick nerför trappan till den väntande grinden. Carmina gick sakta efter med barnet tryckt mot sitt bröst. Hon sneglade bak mot sin man som stod kvar i dörröppningen och vinkade. Hon fångade en slängkyss från honom och hon kunde se hans läppar forma orden:

-Jag älskar dig.

När de kom in i Sankt Mikaels kyrka såg Carmina att det stod  en man vid dopfunten. Han verkade på något sätt bekant. Fastän kyrkan gav svalka såg Carmina att mannen svettades kraftigt.

- Emilio, är det du? frågade Carmina osäkert.

- Ja, det är jag. Det var ett tag sedan, sade Emilio och log nervöst. Och det där är visst grabben? Emilio sneglade mot byltet fader Ambrosius höll i famnen.

- Ja det är det, svarade Carmina och tittade osäkert på Emilio.

- Låt mig få se på dig! Det är ju evigheter sedan, sade Emilio och gick fram och kramade om henne. Carmina stod stel som en pinne. Sedan sade hon:

- Du har klippt av ditt långa krulliga hår ser jag. Och skägget har du rakat av dig. Jag hörde att du stack utomlands. Har du kommit tillbaka för gott eller är du bara på genomresa?

- Stopp! Så många frågor. Jag ska försöka berätta i den mån jag kan, sade Emilio och log mot fader Ambrosius och förde Carmina en bit bort så att fader Ambrosius inte skulle höra.

- Jo, som du vet så har jag och min far aldrig riktigt kommit överens. Speciellt inte efter min mors död. Efter allt bråk så  stack jag utomlands för att studera geologi. Du vet att jag alltid har varit tokig i stenar. Kanske ett arv efter farfar. Kommer du ihåg när vi, du och jag och Alfredo gick på stranden? Ni plockade snäckor medan jag plockade stenar.

- Du plockade även unga flickors hjärtan. Min systers bland många andra, sade Carmina och fick något svart i blicken.

- Ja, jo... I alla fall så kom jag hem för några månader sedan. Och vad är det som händer? Jo man hamnar mitt i en statskupp signerad Dr Nazur. Och att ens egen far  är delaktig det är bara för mycket.. Visst har jag i dåliga stunder bett far dra åt helvete.

Men inte menade jag att han skulle ta det bokstavligen. För vad värre kan väl vara än att vara hantlangare åt en diktator och vandra i dennes spår. Han är ju trots allt min far. En far som förvisso har haft det tufft att uppfostra mig efter konstens alla regler efter det att mor gick bort. Men att gå från gnabb med sin son till att stötta en militärregim är väl ändå att ta ett steg för långt. Hur kunde det bli så fel? Hur störtar man sin egen far? Vad kan jag göra för att väcka honom ur denna mardröm och få honom på andra tankar? Visst var president Montalban en skitstövel och en korrupt sådan. Men att mörda honom var att gå lite för långt. För visst är det som hänt en iscensatt statskupp designad av militären. För inte tror jag på det där de säger om monarkister, att det var de som sköt presidenten.

Carmina tittade på honom. Hade han mognat? Blivit vuxen? Hon visste inte riktigt var hon hade honom. Kanske hade han mognat, ångrat sig. Men att förlåta honom. Nej, det kunde hon inte, inte än.

- Och jag vet att jag svek din syster, när jag och Beatrice... ja du vet.

- Ja, henne svek du. Carminas läppar darrade av ilska men även av osäkerhet. Hon undrade varför han var tillbaka, i landet, och vad han gjorde här i kyrkan. Och som om han hade läst hennes tankar, svarade han:

- Som du vet lever vi i en orolig tid. En tid präglad av en enda fråga. Krig eller fred? Man kan nästan känna orden vibrera i luften. Folk är rädda. Och med all rätt. Inbördeskriget ligger och lurar bakom allt som sägs och görs. Det är farliga tider och folk försvinner spårlöst. Man får vara försiktig med vad man säger och till vem. Jag själv har stött på både banditer och annat löst folk i och omkring bergen. Det kan hända mycket när man är ute med hacka och spade. Och om oturen är framme så gräver man kanske sin egen grav där ute. Emilio skrattade osäkert, ville lätta på betydelsen av det han just hade sagt.

- Hacka och spade? Carmina tittade förbryllat på Emilio.

- Ja, sade jag inte det? Jag har fått jobb som geolog åt gruvbolaget. Jag är ute och tar jord- och stenprover. Gruvbolaget söker nya exploateringsmöjligheter. De har en lägenhet som jag får hyra här i stan. Jag kan bara inte bo med far, i alla fall inte just nu. Men nu ska vi inte prata så mycket om mig. Vi har ett dop att utföra, eller hur?

- Ja, svarade Carmina och tittade på sin son som låg tryggt i fader Ambrosius famn.

Fader Ambrosius ställde sig vid dopfunten. Med hög klar röst, allt medan dopvattnet rann nedför gossens hjässa, döpte han det lilla gossebarnet:

- I Faderns... Sonens... och den helige Andens namn... Amen.

# KAPITEL 4

**De kom oftast** i gryningen. Och fastän Alfredo Como var förberedd på att ett gripande kunde ske, när som helst, så visste han också att man aldrig kan vara tillräckligt förberedd. Men han hade vidtagit de åtgärder som var möjliga inom det begränsade område och tid som stod till hans förfogande.

Efter det att fader Ambrosius hade tagit med sig Carmina och barnet till kyrkan för dop, hade Alfredo Como vankat oroligt fram och tillbaka, från det ena rummet till det andra. Nervöst hade han snurrat på vigselringen och undrat vad framtiden hade i sitt sköte. Vad skulle hända med fru och barn? Vad skulle ske med honom själv? Hjärnan hade ställt många frågor och staplat upp det ena skräckscenariot efter det andra. Tänk logiskt, hade han sagt till sig själv. Tänk på att detta är verklighet och inte ett utkast till en bok eller film. Men ändå hade han börjat tvivla.

Han visste att det inte gick att skruva tillbaka tiden. Nu är nu och då var då. Man är i den situation man befinner sig i. Och att veta det man vet är en fördel som man ska dra nytta av. Efter några långa och djupa andetag satte han sig ner vid skrivbordet och tog fram papper och penna.

Ett lugn kom över honom. Det var ett lugn som så ofta brukade infinna sig hos honom när han kände pennan i sin hand. Som en nära vän eller allierad som kom för att ge tröst och hjälp. Det var också en känsla av makt, att med pennan få rista in tankar och funderingar med hjälp av symboler och tecken som bevis för mänsklig existens.

Det var sent på eftermiddagen och han hade varken hört något från sin fru eller från fader Ambrosius. Han skulle avvakta, vänta. Men hur länge och på vad? Fångenskap? Tortyr? Död? Ett liv utan hustru och barn?

Med stadig hand och utan ångest tog han itu med de uppgifter som låg framför honom. *Alea iacta est.*

## ARRESTERINGEN

Hjärtat bultade och bankade på i allt snabbare takt. Bryskt hade han väckts upp ur sin oroliga sömn av att det hade bankat på ytterdörren. Nu satt han i bara pyjamasen på sängkanten och gnuggade ögonen. De grå cellerna i hans huvud hade vaknat till liv och börjat sända ut signaler om fara. Fäkta eller fly! Han tittade på väckarklockan, 05:05. Dagens första ljus började visa sig vid horisonten. Men det var inget som Alfredo Como kunde se. De mörka, tunga gardinerna släppte inte igenom något ljus. Han såg ej heller den svarta, civila bilen som stod parkerad nere vid grinden. Bankandet på dörren blev mer kraftfullt. De som bankade skulle säkert inte sluta-förrän han hade öppnat. Eller att de hade slagit in dörren. På darriga ben gick han för att öppna.

En ung löjtnant ur 7:de gendarmkåren stod med två civilklädda män utanför Alfredo Comos dörr. Alfredo Como såg dem klart i ljusskenet från den nakna glödlampan som hängde som utebelysning (den han hade hängt upp förra vintern för att ingen skulle trilla nerför trappan i den mörka vinternatten) ovanför de tre männens huvuden. Han studerade dem snabbt, och konstaterade att de var unga, vältränade män med kalla ögon. De bar på något mörkt i blicken (som den sista puffen rök från ett ljus som nyss slocknat) och det hade ingenting att göra med att det var tidig morgon och att de kanske var trötta. Nä, det här var onda människor, och skulle det brinna i deras ögon så var det av hat. Och att se de två civilklädda beväpnade med revolvrar instuckna i byxlinningen fick honom att rysa.


- Alfredo Como! sade gendarmlöjtnanten med en hård, befallande röst. Som om herr Como skulle neka till att vara den han var.

- Ja! det är jag.

- Ni ska följa med oss till stationen! Vi har några frågor som måste besvaras, sade gendarmlöjtnanten, och  klev in i hallen.

- Vad rör det sig om? Och vilka är ni? frågade Alfredo Como nervöst.

- Det tar vi nere på stationen! Skynda på nu! Klä på er! befallde den unge gendarmlöjtnanten allt medan högerhanden vilade på pistolhölstret.

- Får jag göra min toalett först? frågan Alfredo Como osäkert och med lite darr på rösten.

- Ja, visst! Vi är väl inga odjur heller! Eller försöker ni antyda...

- Nej! nej, svarade Alfredo Como snabbt och gick för att göra sig klar. En av de två civilklädda männen följde efter honom. De ville absolut inte att något oväntat skulle hända honom, som en alltför tidig död. Piller och rakknivar kan vara förrädiska om de hamnar i fel händer. Om sådant visste de alltför väl.

## ARAGON OCH TRYCKPRESSEN

Aragon Como satt i fiskaren Gaihedes båt med de sista delarna till tryckpressen som de höll på att sätta ihop. Han hade med hjälp av Gaihede och hans båt under en tid smugglat in delar och utrustning från Västlandet. Efter att ha läst brevet som han fått från sin bror, hade han tagit de mått och steg som förväntades av honom. Han skulle inte svika sin bror eller sitt folk. Han visste att han kunde göra nytta och det skulle han också göra. Film, teater och musik fick nu komma i andra hand. Han hade lämnat Västlandet med hjälp av fiskaren Gaihede. Och nu var han här.

Aragon Como hade låtit både hår och skägg växa ut och kroppshyddan hade blivit både kraftigare och bredare. Han ville inte att folk skulle känna igen honom. Det var för farligt, för honom och för dem som hjälpte honom.

De hade varit ute hela natten och fiskat och de hade fått bra med fisk i näten. Klockan var nu sex på morgonen och de var på väg in mot hamnen i La Stada för att lossa sin fångst. Fisk hade länge varit en både billig och nyttig basföda för folket, men läget började bli kärvare. Och om inte situationen i landet blev bättre så skulle säkert ransoneringar av livsmedel införas. Därför fick fiskare dispans från utegångsförbudet. Även en diktator måste äta.

Hamnen var full av köpmän, fiskare, tullare och soldater. Efter det att fisken hade lossats av på kajen gick två soldater ombord. De letade efter insmugglade vapen och andra illegala varor. Det var rutin och Aragon och Gaihede visste nu var på båten de oftast letade. Aragon var dock lite nervös, inte för dunken med tryckfärg utan för alla de små brickor av bokstäver som låg i den sista fiskelådan, den som fiskaren Gaihede alltid tog med sig hem. Fisk som han själv, släkt och vänner skulle ha. Den som nu låg helt öppen och synlig på däck och som en av de två soldaterna hade fått syn på och gått fram till. Lådan var full med fisk och is som glittrade i morgonljuset. Först så tittade bara soldaten ner i lådan, men sedan började han peta runt bland fisken med sin bajonett. Aragon pysslade lite med näten för att inte visa att han var nervös. Men Gaihede gick fram till lådan med fisk och plockade upp två fina torskar, borstade av dem och sade:

- Ni två har det väl lika knapert som vi fiskare? Alltså knappast någon fet lön. Se här! Ta varsin fet fisk, vet ja, och bjud era flickvänner eller fruar på något gott. Och hälsa från mig, fiskare Gaihede! Terra Mondials bästa skipper!

Medan Gaihede slog in de två feta fiskarna i tidningspapper tittade soldaterna på varandra, nickade i samförstånd och tog varsin fisk under armen, mumlade något som lät som tack och försvann sedan snabbt från båten och från själva hamnområdet. De var säkert rädda att bli ertappade med "icke militär utrustning" under tjänsteutövning.

Aragon torkade svetten ur pannan. Han gick fram till Gaihede som stod vid lådan och tittade åt det håll som soldaterna hade gått. Han såg dem försvinna bakom ett magasin. Aragon rotade runt i botten av lådan men hittade inte det han sökte.

- Var är tryckbokstäverna?

- Lugn, svarade Gaihede. De ligger gömda inuti fiskarna. De två jag gav bort var tomma, så du kan koppla av. Hjälp mig nu med lådan så vi kan komma iväg.

De gick norrut, längs med kajen. Gaihede och Aragon drog kärran med fisk som de skulle leverera till restauranger och butiker. Det hördes ett klapprande ljud från kärran när de drog den fram genom gränder, gator och torg som var belagda med kullersten.

Först gick de till hamnrökeriet och sedan till de olika restaurangerna som låg längs marknadsplatsen Plaza de Libertas. Marknaden var igång, men det var en mycket nervösare marknad nu efter dr Nazurs statskupp. Valutan hade rasat och utbudet av varor hade drastiskt miskat. Folket hade blivit fattigare.

En grupp trötta gendarmer patrullerade området i väntan på avlösning. De hade det inte så lätt de heller med att få det att gå ihop. En soldatlön räckte inte långt. Mutor, utpressning och stölder var inte någon ovanlig företeelse bland de väpnade styrkorna.

På torget sålde man mest fisk och skaldjur. Plaza de Libertas fiskmarknad hade en gång i tiden varit en stor turistmagnet. Förr vallfärdade folk hit. Men nu... Tja, nu tog man en dag i taget.

På sidogatorna låg köttaffärer och bagerier, klädbutiker och kaféer. Några affärer och butiker gick bra, andra hade fått slå igen för att turisterna uteblev. Och ville man handla färsk frukt eller grönsaker så fick man bege sig till Plaza de Angelos dit bönder och bergsfolk samlades för att sälja sina varor och tjänster.

Gaihede och Aragon var nu klara med sina leveranser och morgonkaffet hos madame LeClerc.

Gaihede drack alltid sitt morgonkaffe hos madame LeClerc. Madame LeClerc var en kraftig kvinna i övre medelåldern och innehavare till ett litet pittoreskt hamnkafé vid namn "La Plage". Och var det någon person i La Stada som visste någonting om någon eller om vad som hände i staden så var det hon. Byskvaller och fulla soldaters högljudda prat gav henne mycket information. Och om det inte räckte så kunde hon alltid få uppgifter från sin man Alfonse, som förr hade jobbat på civilförvaltningen, men som nu var kommendantens sekreterare. Så nog hade hon att prata om då syjuntan hade sina kafferep.

Gaihede hade lärt känna henne genom en tråkig historia som hennes dåvarande man bokstavligen var intrasslad i. Man kan väl säga att han hade "torskat" och hamnat i Gaihedes nät. Gaihede visste vilken guldgruva hon var. Som nu, då hon hade berättat för honom att hon, via sin man hade fått reda på att poeten Alfredo Como satt arresterad. Och att självaste överste Zatana hade infunnit sig hos kommendanten för att hålla i förhöret.

# ETT FÖRSTA FÖRHÖR

Rummet han satt i var litet, avlångt och enkelt inrett. Ett slitet gammalt skrivbord i ek stod vid den ena kortändan av rummet, och bakom det satt kommendant Otto Gimmler, gendarmkårens högste chef och putsade sina runda glasögon. Han hade ögon och näsa som en hök, och på hans överläpp växte en grov svart mustasch. På vänstra kinden hade han ett långt ärr. Kunde vara efter en bajonett eller kniv. Han hade då inte fått det genom rakning, tänkte Alfredo Como där han satt och studerade omgivningen. På väggen bakom kommendanten hängde en bonad. Den var blå och visade två guldfärgade hillebarder som korsade varandra. Devisen under löd: Hinc Robur et Securitas. Alfredo Como gissade att det var gendarmernas motto: Stark och Säker. Stark och säker för vem, tänkte Alfredo Como och fnös. Till höger om kommendant Gimmler hängde en karta över huvudstaden. Och till vänster om kommendanten, vid dörren, stod en skrivmaskin på ett litet bord. Bakom skrivmaskinen satt en liten mager man med nervösa ryckningar i ansiktet. Mannen hade liksom kommendant Gimmler också små runda glasögon, men dessa hängde längst ut på mannens nästipp.

Mannen med glasögonen såg sig nervöst omkring i rummet. Först sneglade han på vakten som stod vid dörren, sedan på mannen som satt på förhörsstolen. Och så en snabb blick igen på vakten, och sedan åter igen på mannen som satt på förhörsstolen. Så höll mannen på en stund. Irrade runt med blicken. På kommendanten tittade han inte en enda gång. Och när hans blick återvände till pappersarket som satt i skrivmaskinen var hans panna våt av svettpärlor.

När befälhavaren över sjunde armékåren, överste Devo Zatana klev in i rummet reste sig samtliga, även Alfredo Como. Men vakten som hade stått vid dörren gick bryskt fram och tryck ner honom i stolen. Efter att ha gjort så ställde sig vakten bakom herr Como med en hand vilande på hans högra axel.

Överste Zatana var klädd i uniform och i högra handen höll han marskalkstaven. Titeln som överste hade han behållit. För männen i hans elitförband var och förblev han deras överste. Översten såg sig snabbt omkring i rummet, vinkade till sig kommendanten. Kommendanten var snabbt framme, nickade någonting till svars, och gav sedan order till vakten och till den nervöse att de skulle följa med honom ut ur rummet. Dörren stängdes efter dem.

Överste Zatana satte sig på kanten av skrivbordet och log mot Alfredo Como. Det var ett sådant där leende som sa: Jag är inte glad över att se dig, men jag är glad över att det är du och inte jag som sitter i den där stolen.

Fastän översten satt på skrivbordskanten så kunde man se att han var en reslig man i femtioårsåldern. Håret var snaggat och hade helt gått över i grått. En rak kraftig näsa satt mellan två nötbruna ögon.

När Alfredo Como som liten hade varit hemma hos familjen Zatana och lekt med Emilio, hade han tyckt att herr och fru Zatana såg ut som ett drömpar hämtade ur sagornas värld. Där han nu satt, tyckte Alfredo Como att överste Zatana inte alls såg ut som någon som var hämtad ur sagornas värld. I alla fall så såg han inte ut att vara någon "prince charming". Snarare var han mer lik en "prince of darkness". Alfredo Como rös till när deras blickar möttes.

- Så då korsas våra vägar till slut, sade överste Zatana.

- Ja de gör väl det, svarade Alfredo Como.

- Synd bara att det ska ske under sådana här omständigheter, sade översten och reste sig från bordet. Alfredo Como nickade med huvudet samtidigt som han svarade, att det tyckte han med. Han såg på översten som hade börjat gå  fram och tillbaka framför skrivbordet med ena handen på hakan.

Översten gick runt och tänkte. Försökte hitta de rätta orden, meningarna, de som tyngde, skavde. Översten visste att jobbet måste göras. Inget slarv, inga misstag. Han hade en plikt, ett uppdrag, en mission. Misslyckande fanns inte. Varken i tanke eller i överste Devo Zatanas vokabulär.

Alfredo Como såg svettpärlor i överstens panna och blev mer och mer orolig. Han såg på överstens hållning och ansiktsuttryck att det var något som tyngde honom. Men vad? Alfredo Como var för nervös för att vänta på ett svar i den frågan, så han frågade istället:

- Varför är jag här?

- Vet du inte det? Det borde du veta, sade översten och slog sig ner bakom skrivbordet.

- Nej, jag har bara fått reda på att jag skulle hit och besvara några frågor. Men vad för frågor kan jag som har suttit isolerad från omvärlden ha svar på?

- Nu låter ni som er far. Retorik! Svarar med en fråga, sade översten och tog upp en flaska mineralvatten ur nedersta skrivbordlådan. Han hällde upp lite vatten i ett glas, och svepte sedan allt i en enda klunk.

Rummet hade inga fönster och fläkten som stod på kommendantens skrivbord var inte på. Morgonens svalka hade bytts ut mot tung torr ökenluft och det började bli kvavt och innestängt. Alfredo Como hade gärna velat ha ett glas vatten, gärna lite frukost också, men han sade inget. Han fick en fråga istället.

- Var håller din bror Aragon hus? Zatana lutade sig bakåt och slängde upp sina fötter på skrivbordet.

- Min lillebror? Han är ju utomlands, i Västlandet.

- Underrättelsetjänsten säger att han är tillbaka. Tillbaka för att hetsa folket till uppror! Tillbaka i landet för att hälla bränsle på den eld som pyr! sade överste Zatana och bet i ett stort saftigt äpple som säkert tillhörde kommendantens lunch.

- Men, han är ju pacifist. Varför skulle han hetsa folket till uppror, frågade Alfredo Como med ett bedjande i rösten som skulle tolkas som så, att översten inte skulle lyssna på sådana dumheter som kom från underrättelsetjänsten.

- Nu svarar du med en fråga igen. Svara på mina frågor istället. Jag ställer frågorna och du svarar. Det är enklast så. Ju fortare vi blir klara, desto bättre. Inte vill du väl att vi ska sitta här hela dagen?

- Jag vet inte var min bror håller hus om inte han är i Västlandet. Sist jag hörde något ifrån honom var en månad före statskuppen. Din och Dr Nazurs statskupp. Då skrev han att han skulle till Västlandet för att göra film. Min bror Aragon är ingen militärmakt, han är pacifist, svarade Alfredo Como med en så lugn och säker röst, att han knappt trodde att det var sant.

- Din bror är en provokatör! En djävla agitator som hetsar folk till olydnad! Han har gjort det förr i sitt yrke som estradör, trubadur och pjäsförfattare! Och han gör det fortfarande! Och det vet du! sade

42

översten med hög röst och slog näven i bordet så att Alfredo Como hoppade till.

Överste Zatana tog ett djupt andetag. Låt inte känslorna ta över. Fokusera. Var professionell. Det var de orden översten tänkte på när han plockade fram en näsduk och torkade pannan fri från svettpärlor. Sedan fortsatte han:

- Och talets förmåga har ni båda från er far. Ordmånglare är ni. Jag har själv sett och hört hur bra din bror är på att fånga sin publik. Hur han med sin sarkasm och bitande ironi  slår mot överheten. Och hur lätt han får med sig människor. Hur han finner de rätta strängarna att slå på. Och orden som smälter, lockar och förför. Han är ung och en idol för många. Han inger hopp där inget hopp finnes. Han har narrat och förlöjligat makten förr i sina pjäser. Och kan göra så igen. Inge hopp.

- Det låter som om ni beundrar honom, lite så här på avstånd, sade Alfredo Como och log lite för sig själv.

- Jag är inte naiv, herr Como. Jag vet vad unga män med visioner kan göra. Och jag underskattar aldrig en motståndare. Men ni, herr Como. Ni är en naiv drömmare som tror på människan och hennes inre godhet. Och på kärleken. Men ni är en drömmare herr Como. Ni har läst för många böcker om hjältar och riddare. Ni lever i en dröm medan jag lever i den verkliga världen. Den som är här och nu.

Den som visar att människan inte är mer än ett flockdjur. Och flockdjur behöver en stark ledare. En som ser till att flocken inte går under. Det är de starkaste som överlever. Se bara på utvecklingen. Evolutionen.

(En kort paus medan översten fyller på vattenglaset.)

- Jag har läst era böcker om kärlek, passion, hjältar och mod. Men som jag sade förut så är jag inte naiv och tror på drakar och riddare som ska befria prinsessan så att de kan leva lyckliga i alla sina dagar. Och jag tror inte heller att ni är harmlös, herr Como. Ni! har också skrivit dikter om att störta tyranner och att doppa dem i tjära. Jag vet inte så mycket om dikter, herr Como. Men jag vet att ord kan vara farliga om de förvandlas till handling. Det om något har jag lärt mig, av din far.
- Men om jag bara skriver dikter om att störta tyranner, så har väl inte ni någonting att vara orolig för? Ni är väl ingen tyrann, herr Zatana?

(En kort tystnad inföll och översten tog tillfället i akt och åt upp resten av kommendantens äpple. Sedan fortsatte han som om herr Comos inlägg aldrig hade ägt rum.)

- Och att låsa in orden med källan så att de inte längre kan flyga fritt och skapa oro är ett sätt att hålla elden under kontroll. En eld får aldrig lämnas utan tillsyn. Och en eld ska bara ha så mycket bränsle så att den klarar av sin uppgift.

- Som din husarrest t.ex. det är ett sätt att stävja en sådan låga. En liten låga men dock en låga. Och ord kan vara som oljan på ett oroligt hav, de kan dämpa, lugna. Men en liten gnista och havet brinner.

- Och kan man inte låsa in eller vingklippa orden så att de inte längre kan flyga fritt, så kan man alltid som en sista utväg, radera... utradera.


Ordmånglare kan du vara själv, tänkte Alfredo Como där han satt och svettades. Bomullsskjortan smet åt och de vida linnebyxorna började också bli fuktiga, speciellt den del som hade kontakt med stolsitsen. Han lyfte lite på skinkorna och fläktade sedan lite med skjortan. Det gav inte så mycket svalka, men det var bättre än ingenting. Han tittade bort mot skrivbordet där flaskan med mineralvattnet stod. Överste Zatana tittade själv en stund på den, slängde sedan ner fötterna på golvet och reste sig upp, rättade till uniformen och frågade:

- Har du hört något från min son?

- Vem? svarade Alfredo och såg helt oförstående ut.

- Min son, Emilio förstås! Jag har bara en son och du känner honom bättre än någon. Överste Zatana gick nu runt i rummet och stannade bara upp för att ta sig en klunk ur vattenflaskan som han nu höll i handen.

Alfredo Como blev mer och mer nervös ju mer översten gick runt i rummet. Och nu stod översten bakom honom och flåsade honom i nacken.

- Men, Emilio är väl också utomlands? Studerar, eller hur? svarade Alfredo Como och tittade ner på sina nakna tår som stack fram ur sandalerna.

- Du fortsätter att svara på mina frågor med att ställa motfrågor, herr Como. Svara bara ja eller nej. Överstens röst lät starkare nu och man kunde märka en lätt irritation hos honom.

- Nej! svarade Alfredo Como.

- Nej? ... Nej vad då? undrade överste Zatana och plockade (åter igen) upp sin näsduk och torkade bort de nya svettpärlorna som hade erövrat hans panna.

Den här värmen är rena rama tortyren, tänkte han och gick bort till fläkten som stod på skrivbordet och satte på den. Det blev genast svalare.

- Nej, jag har inte sett Emilio. Sist jag såg honom var när Carmina skällde ut honom på bröllopsfesten. Och det är ett tag sedan.

-Ja, Carmina heter hon ju, din fru. Hur är det med henne? Och barnet? Ni har fått en liten son har jag hört. Han mår väl bra hoppas jag?

Överste Zatana drack upp det sista vattnet ur flaskan och satte sig ner vid skrivbordet och lät fläkten göra sitt jobb medan han väntade på ett svar.

- Jo... hon mår bra... barnet likaså, harklade Alfredo fram. Han kände panikångesten komma krypande, närmre och närmre ju mer hans familj kom på tal.

- Och hennes bror, Gasparo. Mår han bra? frågade översten med ett illmarigt leende på sina läppar.

- Jag vet inte, svarade Alfredo Como med en torr och sprucken röst. Han var törstig. Strupen var torr, sträv som sandpapper, och att han var nervös gjorde inte saken bättre. Han började förstå nu vart översten var på väg med sina frågor. Det skulle handla om Gasparo. Vart han höll hus och om vilka som hjälpte honom. Hur många de var och om deras beväpning. Frågor om motståndsmännens aktiviteter. Frågor som han inte hade några svar på.

# KAPITEL 5

## Cell 27

**Alfredo Como såg** på de stora fängelseportarna, såg  när de öppnade sig utåt. Vakterna hade fört honom till stadsfängelset. Han förstod ingenting. Varför hade han inte fått gå hem till sin husarrest, till fru och barn? Han hade besvarat överstens frågor så gott han hade kunnat. Vad ville översten mer av honom? Han såg sig själv inte som något större hot. Men något hot måste han vara eftersom de hade satt honom i husarrest. Och visst hade han haft kontakt med andra intellektuella och skrivit pamfletter om både juntan och om Dr Nazur. Men det var nästan som pojkstreck jämfört med vad rebellgrupperna höll på med. Både Folkets Befrielse Armé (FBA) och Nationalisterna (N) hade begått mord både på civila och militärer. Han visste ingenting om dem eller något om deras verksamhet. Inte hans fru heller. Det hade han försökt förklara för överste Zatana. Och att det sedan ryktades om att Carminas bror Gasparo hade gått med i FBA visste han ingenting om. Men översten hade sett både nervös och orolig ut.

Kanske var det bara värmen. Eller var det så att marken under makthavarna började gunga? Var överste Zatana och hans lakejer mer oroliga än de gav sken av att vara? Höll inte hot om våld, tortyr och ond bråd död längre som maktvapen? Höll folket på att sätta sig på tvären över diktatur och tyranni? Kanske var han en större bricka i spelet än vad han själv förstod.

Alfredo Como kände sig trött, törstig och mycket orolig. Han förstod att fler människoliv skulle gå till spillo i dessa tider då empatin hade sopats under mattan av maktgalningar. Makt i händerna på fel personer är som att ge djävulen nycklarna till Pandoras ask.

Ska nu gator och torg åter dränkas i blod. Barn mista sina föräldrar och syskon. Föräldrar mista sina barn i skräck och ångestfyllda skrik.

Ska de svarta molnen åter sänka sig över Terra Mondial? Ska hon åter fyllas med fasor, terror, rädslor, hat, fruktan och död? Och sedan när de svarta molnen har bytts ut mot ett grått dis, ska hon då åter utmärglad, törstig och febersjuk igen yra efter syndabockar och hämd?

Det var i stunder som dessa Alfredo avskydde och föraktade människosläktet som mest. Alla hennes brister och fel. Och han fruktade henne, för all dårskap som hon plöjt ner, ända från tidernas begynnelse. Tårarna kom när han tänkte på sin fru och sin lille son.

Två vakter förde honom genom de stora portarna. De förde honom vidare in genom en dörr som det stod "Registrering. Arkiv" på. Papper lämnades över. Stämplar och signaturer, personakter och arkivering.

Kala cementväggar mötte honom på hans väg genom fängelset. Järngrindar öppnades och stängdes. Rasslet av nycklar och stöveltramp ekade mot stengolvet. Han hörde skrik och rop som han inte kunde placera vart de kom ifrån. Allt ljud studsade mot de kalla, gråa cementväggarna. Han kände paniken komma krypande. Knäna ville vika sig. Så ensam och utlämnad han kände sig.

Han bar fortfarande sina egna kläder. Inga fångkläder och inga bojor runt anklar eller handleder. Han kanske inte skulle stanna här så länge att de tyckte att han behövde det. Om det var så, så kunde det bara betyda två saker. Antingen skulle han släppas inom en snar framtid... eller... så... Han rös till när han tänkte på alternativet. Han var ingen vanlig fånge. Kanske skulle han bli betraktad som en politisk fånge. Han visste inte om det i så fall var bra eller dåligt. Han hade inga svar. Svaren fanns i framtiden och den vågade han knappt tänka på.

Cell 27, sade han tyst för sig själv. Han stirrade på numret och på den grå järndörren med titthål och matlucka.

"Och att låsa in orden med källan så att de inte längre kan flyga fritt och skapa oro är ett sätt att hålla elden under kontroll."

Det var de orden som kom på Alfredo Comos läppar när celldörr nr 27 öppnades. Överste Devo Zatanas egna ord. Han klev in och dörren stängdes efter honom. Det tog lite tid innan ögonen hade vant sig vid det skumma ljuset i cellen. När ögonen hade vant sig såg han att cellen var cirka fyra gånger fem kvadratmeter stor. På kortsidan rakt framför honom fanns en liten glugg med galler, den satt nästan uppe vid taket. Det var därifrån ljuset kom. Och nedanför, mot hörnet till såg han en bleckhink. Till vänster, vid ena långsidan stod en tvåvåningssäng av militär typ. Det låg någon i den nedersta slafen.

Mannen låg på sidan med ryggen utåt, så Alfredo Como kunde inte se vem det var som låg där. Men han såg att han var klädd i skjorta och kakishorts. Benen och fötterna var smutsiga, men inte så smutsiga så att Alfredo Como skulle missa att se skottskadan mannen hade på vänster vad.

**MARCEL VELON**

Marcel Velon sov djupt och visste inget om att han hade fått en ny cellkamrat.

Marcel Velon sov djupt, mycket djupt. Han hade suttit i förhör, kan det ha varit i två dygn? Han visste inte säkert. Men vad han visste var att han var trött och behövde sömn, mycket sömn.

Oftast sov han oroligt och lätt. REM-sömnen gav honom bara mardrömmar. Allting upprepade sig i drömmarna: Gendarmerna som stormade in på hans arbetsplats, tidningen TeMa:s redaktion. Och hur de slog vilt omkring sig med gevärskolvarna. Synen av medarbetare som fick skallarna spräckta. Andra hade skjutits direkt på fläcken, som redaktören.

Pang!... ett nackskott... Pang!... ett skott till och döden hade uppenbarat sig för honom som en grå massa. Han hade oftast vaknat innan drömmen kom till den stund då ett nackskott var ämnat för honom själv.

Han hade blivit arresterad tillsammans med några andra journalister. De hade blivit anklagade för brott mot rikets säkerhet, omstörtande verksamhet, uppvigling och statsterrorism. Anklagade men ej dömda.

Marcel Velon vaknade av att han hörde snarkningar, och att de kom från ovanslafen kunde han inte missa. Han klev ur sängen, sträckte på sig och tog sig en titt på mannen som låg på rygg och snarkade som ett helt sågverk. Han kände igen mannen. De bruna ögonen och det tjocka bakåtkammade håret, det gick inte att ta miste. Han hade fått poeten Alfredo Como till cellkamrat.

Alfredo Como vaknade av att någon ryckte i honom. Han satte sig upp och såg att det var mannen som hade slafen under honom. Han gnuggade bort sömnen ur ögonen och såg rätt in i mannens blå ögon. De såg sorgsna ut, men mannen försökte sig på ett leende med sina torrspruckna läppar. Hans hår var kortklippt och Alfredo Como kunde se att han var blond, trots att håret inte hade blivit tvättat på länge. Likaså det långa skägget .

- Du måste vara Alfredo Como, poeten, sade den skäggige. Alfredo Como nickade och såg att mannen saknade en framtand.

- Det är mat. Jag tog emot din ranson genom luckan också. Det är kålsoppa och hundra gram torrt bröd. Och idag verkar det vara kål i soppan också så vi har tur. Jag heter förresten Marcel Velon.

## ALFONSE LECLERC

Alfonse LeClerc var ingen modig man. Inte nu heller då han var sekreterare åt kommendant Gimmler.

Hela livet hade han varit en tystlåten, lojal och hårt arbetande tjänsteman. Han var en troende republikan och gillade ordning och reda. Arbetet hade alltid kommit i första hand och därför hade han levt som ungkarl i nästan hela sitt liv. Att han nu var gift begrep han inte riktigt själv. Evita hade bokstavligen klampat in i hans liv för fyra år sedan. Hon hade helt enkelt klivit in på hans kontor på civilförvaltningen och bett honom om hjälp med att dödförklara sin man. Och han hade hjälpt henne. Det var en tragisk historia om spritsmuggling och om dåligt väder. Fiskaren Gaihede hade trott att det var storgäddan som han hade fått i nätet. Men det hade visat sig efter mycket utredning att så var det inte, utan att det hade varit självaste krögargubben som hade varit ute till havs och svalt sin sista nubbe. Ett år senare när sorgeåret var slut friade han till Evita och de gifte sig i Sankt Mikaels kyrka. Vigselförrättare var fader Ambrosius och bröllopsfesten hölls givetvis på hamnkrogen La Plage.

# KAPITEL 6

## Efter dopet

**Dopet var avklarat** och de satt nu allihop och drack dopkaffe inne i sakristian. Barnet sov lugnt och tryggt efter att ha fått i sig lite mat. Han låg vid sin moders bröst, och kanske kände han hennes djupa andetag och hennes pulserande hjärta. Och kanske log han i vetskap om att ha fått en identitet, ett namn. Och när han en dag blir stor nog att själv kunna presentera sig, vill han säga:

- Hej! Jag heter Sebastian Como. Och jag är son till Carmina och Alfredo Como.


Det var fader Ambrosius som bröt tystnaden.

- Jag vet inte hur jag ska säga det här Carmina, men jag och Emilio tycker  att du inte ska bege dig hem just nu. Det är för farligt.

Carmina tog blicken från sin sovande son och stirrade på fader Ambrosius med stora ögon.

- Varför kan vi inte återvända hem? Alfredo sitter säkert hemma och är orolig.

- Jag tror inte...

- Vi vill hem, visst vill vi, sade Carmina och log osäkert mot sin son. Hon smekte honom över kinden med ett böjt pekfinger och tänkte på hur oskyldigt ovetande han är om allt runt omkring. Så liten, så värnlös, så beroende av henne. Kanske drömmer han om hennes bröst, hennes lukt , hennes trygghet och kärlek. Drömriket tillhörde honom, själv var hon tvungen att ta itu med verkligheten.

Hon vände blicken  mot fader Ambrosius med tårar rinnande  nerför kinderna.

Emilio berättade för henne att han hade sett en del papper på sin fars skrivbord, då han hade varit och hämtat lite saker hemma hos sin far. Han hade sett en häktningsorder på Alfredo Como, undertecknad av kommendant Gimmler.

Emilio försökte förklara för henne att han inte visste om det rörde sig om en direkt arrestering eller om det "bara" rörde sig om ett rutinförhör.

- Och så är det detta här med din bror Gasparo och motståndsrörelsen, fortsatte han. Vi vet inte om de kanske försöker få tag i honom genom dig och barnet. Gendarmerna plockar in folk lite som de vill. Ingen går säker. Det är därför som jag och fader Ambrosius tycker att ni ska stanna och inte  bege er hem, inte än. Låt oss ligga lågt några dagar tills vi vet mer. Några dagar bara medan jag rekar terrängen. Vi måste ju i första hand tänka på dig och barnet. Och fader Ambrosius säger att ni kan bo hemma hos honom några dagar.

Carmina nickade och torkade bort en tår.

- Snälla Emilio, vad som än händer... hjälp min man. Snälla hjälp honom. Låt dem inte spärra in honom... han... har ju inte gjort något, snyftade hon.

Emilio kramade om Carminas hand och förde den till sina läppar. Carmina ryckte till. Hela hon darrade av rädsla.

Fader Ambrosius letade fram en näsduk och gick och ställde sig vid Carmina och lade sin hand på hennes axel och sade:

- Kom mitt barn! Följ nu med mig hem, och så låter vi Emilio ta reda på vad som händer där ute i världen. Jag har en god fisksoppa som väntar på oss.

Carmina och Emilio reste sig från bordet. Emilio skakade hand med fader Ambrosius och gav sedan Carmina en klapp på en kind som fortfarande var fuktig.

- Jag går först och kollar så att det inte står några på lur och väntar. Man vet aldrig, sade Emilio och gick bort till sakristians tunga träport. Den robusta ekdörren gnisslade lite när han sköt upp den. Han gick ut till en gassande sol. Det var säkert trettio grader i eftermiddagssolen. Solglasögonen låg kvar i bilen; en ockrafärgad jeep som han hade köpt då han studerade i Västlandet. Nu fick han gå och kisa sig fram.


Fader Ambrosius stod vid den på glänt öppna ekdörren och såg Emilio göra tummen upp. Fader

Ambrosius tog Carmina om livet och så gick de ut ur kyrkan.

Emilio stirrade på dem. Han tyckte de såg ut som Josef och Maria med Jesusbarnet i de gyllene gassande solstrålarna. Han visste att skenet bedrog. Men det gjorde inget. Solen har sina fläckar, och så hade även han.

När Emilio startade jeepen och lade i ettans växel tänkte han på Carmina. Han hade åtrått henne redan från första dagen då Alfredo hade presenterat henne för honom. Hon såg ut som en ängel, precis som hans mor.

Han hade alltid varit avundsjuk på Alfredo Como. Ja, redan som liten grabb hade han varit avundsjuk på Alfredo. Alla älskade Alfredo. Alltid var det Alfredo hit, Alfredo dit, t.o.m. hans farmor hade visat mer ömhet för Alfredo än för honom. Visst, Alfredo behärskade orden, de söta sliskiga orden som alla kvinnor älskade att höra. Han själv däremot var ingen man av ord. Han ville nog mer kalla sig för en händig och praktiskt man. Ja, en handlingens man. En man som gör vad en man måste göra.

Visst hade han gjort små trevare mot både Carmina och hennes syster, förr. De hade inte förstått honom. Att han också hade behov, behov som måste tillgodoses. Kroppen måste ha sitt.

Och att allt har sitt pris och att inget är gratis, det visste han, och hororna som han hade besökt.

Och som sagt så var han en handlingens man och han visste att om något ska ske, så måste man ibland  ta saken i egna händer.

# KAPITEL 7
## Corazon Zatana

**- Min son, vad är det som sker?** Hembiträdet säger att det råder utegångsförbud och att soldater står utposterade på gator och torg. Mor Corazon Zatana suckade tungt. Hon visste att allt inte stod rätt till.

Mor Corazon rättade till pläden som låg över hennes knän och lutade sig tillbaka i gungstolen. Hon gungade lite nätt och inväntade ett svar från sin son. Ett svar som hon visste skulle vara insvept i bomull för att inte göra henne orolig. Hon var glad över besöket och att han var civilklädd. Hon hade aldrig varit förtjust i vapen eller uniformer. Uniformer av alla de slag tyckte hon var som murar, skiljeväggar och något som man kunde gömma sig bakom. En grå massa av makt och opersonlighet. Här är vi och där är ni. Rätta in er i leden. En tanke, en väg. Usch! Nej, hon kunde inte med uniformer.

Hon hade fortfarande efter så många år inte kunnat acceptera eller förstå varför hennes son hade valt militäryrket. Det yrket hade med ond bråd död att göra. Och det hade familjen haft tillräckligt av. Den största tragedin i hennes liv var då hennes dotter, Stella gick bort, blott fjorton år gammal. Och strax efter mördades hennes man.

Ja, mor Corazon var glad åt besöket, för det var inte så ofta som hennes yngste son hade tid att komma, inte som förr. Hon log mot honom, men han stod vid fönstret med en kopp kaffe och tittade ut, så han kunde inte se leendet som fanns på hennes läppar.

Överste Devo Zatana stod och tittade ut på den brända gräsmattan. Då han var liten hade den varit grön och välklippt. Nu var det ingen som skötte om den. Han kom att tänka på tiden då han bara var en liten grabb. Då han och brodern och kompisarna spelade fotboll på gräsmattan och fadern hade hoppat med i spelet medan mor plockade fram saft och bullar. Det hade varit en lycklig tid, barndomen. Då hade han lekt och skrattat med sin två år äldre broder. Då hade de alltid varit tillsammans. Och nu? Nu pratade de inte med varandra. Nu var de båda vuxna och med vuxna människors problem. De hade båda redan i tonåren märkt att de höll på att glida ifrån varandra. Speciellt efter faderns död. Och en dag så stod de där, vid vägkorsningen, där de gick åt olika håll för att söka svar och mening. Att sedan vägen fram skulle ge mer frågor än svar, var de då för unga för att förstå.

Efter många år av vandring på både snåriga stigar och paradgator var frågorna fortfarande många och svaren få, tyckte Devo Zatana där han stod vid fönstret och betraktade olivträden.

I den tid och plats han befann sig i nu kände han att vägen både var krokig och enkelriktad och att det inte gick att varken gena eller vända om. Och han hade inga svar på vart det skulle bära hän. Han var militär och ingen filosof. Han visste bara att det han och andra hade startat måste fullföljas. Han hade en vision, en dröm, men den höll på att bli allt suddigare, diffusare ju mer han befann sig i maktens korridorer. Ormar och kameleonter krälade även här.

Han var nu femtiofem år gammal och hans kära mor skulle fylla sjuttiofem år till hösten, om hon fick leva och ha hälsan. Han skulle dubbla posteringarna vid hennes hus. Vad är det som händer, hade hon frågat. Vad skulle han svara sin mor på det? Att vi är på randen till ett inbördeskrig? Eller att det är rebeller, banditer som terroriserar landet. Utländska trupper som invaderar oss? Han ville inte skrämma upp sin mor, men han ville inte heller stå och ljuga henne rakt upp i ansiktet. Hon skulle genomskåda honom direkt.

Efter att ha stått och tänkt en stund, vände han sig om och såg sin mor i ögonen, och sade:

- Det är inget du behöver vara orolig för kära mor. Vi har lite problem bara med vissa gäng som är ute och plundrar och ställer till oreda. Det är inget du behöver vara rädd för. Jag ska placera ut fler vakter i området och utanför huset så att du kan känna dig trygg. Så tänk nu inte mer på det. Du oroar dig för mycket, tänk på ditt hjärta.

De drack kaffe och betraktade varandra.


- Och Alfredo Como? hade mor Corazon efter en lång tystnad frågat sin son.

- Vad!... Vad är det med honom? hade han frågat tillbaka och nästan satt kaffet i halsen.

- Ja, har han också varit ute och plundrat? Kanske något ordförråd? svarade hon sarkastiskt, men med ett leende på läpparna och med ögon som lyste av vishet och intellekt.

- Vad, vad menar mor? undrade översten med en känsla av att ha blivit ertappad med händerna i kakburken. Mor hade den effekten på honom. Fick honom att känna sig som ett litet barn.

- Jo, jag pratade med din son, mitt barnbarn igår. Han nämnde något om att Alfredo hade blivit bort- förd av militärpolisen. Så jag undrar naturligtvis om det ligger någon sanning i det. Och om du vet något om det? Har ni arresterat vår älskade poet?


- Har du träffat Emilio? frågade  överste Devo Zatana. Vet du var han är? Jag har varit orolig för ho- nom. Mår han bra?

Översten hade tagit en stol och satt nu framför sin mor och höll hennes händer i sina. Han kom att tänka på sin sons uppväxt, utan en mor. Och  varför allt hade gått så fel. Det kunde inte bara vara hans fel att sonen var så... så...

- Ja, mitt barn, han mår bra, efter omständigheterna så. Utlandsvistelsen har gjort honom gott. Men vi är båda två oroliga för Alfredo. Visste du förresten att han och Carmina äntligen har fått ett litet barn. En son, och han har blivit döpt till Sebastian. Sebastian, precis som... din far.

Mor Corazon såg på sin son. Hon log mot honom och tänkte på vart tiden hade tagit vägen. I hennes ögon var han fortfarande hennes lille grabb som hittade på bus och trillade och slog upp knäna så hon fick avbryta matlagningen för att hjälpa honom tvätta rent såret. Och han ville alltid att hon skulle blåsa på såret så att det onda försvann. Hon såg på honom att han var trött, både kroppsligt och själsligt. Hon önskade att han kunde gråta ut i hennes knä där han nu hade lagt sitt huvud för att söka vila och tröst. Men det kom inga tårar. Hon hade inte sett honom gråta sedan den dagen då de begravde hans fru. Hon smekte honom över hjässan och kände de sträva gråa håren mellan sina fingrar. Hon hoppades och bad att allt skulle ordna sig, vad mer kunde hon göra. Till hoppet satte hon sin tro. Hon önskade så, att hennes son en dag skulle hitta hem och försona sig med Gud. Och att han skulle förlåta vad som varit... Ja, han hade länge nog varit på irrfärd och det på livets skuggsida. Och där hjälpte varken plåster eller att hon blåste i ett försök att få bort det onda. De här såren, ärren satt alltför djupt. Hon hoppades bara att det inte var för sent.

## ETT ANDRA FÖRHÖR

Det lilla förhörsrummet som Alfredo Como satt i nu, en vecka efter gripandet var ett av många som fanns inom fängelsemurarna. Och detta rummet gav honom kalla kårar. Hela rummet andades ångest och skräck. Nakna gråa betongväggar utan fönster. En naken glödlampa dinglade i en sladd från taket. Fuktfläckar i golvet, eller var det blod? En talja hängde ner från taket med ett kraftigt rep. Överste Devo Zatana satt på ett bord gjort av bleckplåt och järn, och det var fastskruvat i golvet. Han var klädd i en ockrafärgad fältuniform. Han dinglade lite med det vänstra benet och petade sina naglar, som om han var nervös eller rastlös.

- Jag har en hälsning ifrån min mor. Hon undrar om du lever och har det bra. Har du det bra?

- Jo... efter omständigheterna så...

- JA! EFTER OMSTÄNDIGHETERNA SÅ HAR DU DET DJÄVLIGT BRA! OCH LEVER GÖR DU OCKSÅ! DET FINNS DE SOM HAR DET DJÄVLIGT MYCKET SÄMRE! skrek översten så att saliven sprutade ur munnen.

Alfredo Como hoppade till av förskräckelse och höll nästan på att trilla av stolen. Orden hade studsat runt i rummet mot de kala väggarna. Och de ekade fortfarande i hans huvud.

- Jag försöker att göra din tillvaro här så dräglig som det bara går, sade överste Zatana nu i lite lugnare tonläge. Men det finns de som vill gå hårdare tillväga. Så jag behöver din hjälp med att lugna ner dem. Du måste hjälpa mig så att jag kan hjälpa dig.

Alfredo Como blundade och nickade. Svetten rann och han frös av rädsla.

- Jag vill att du besvarar ett par frågor.

Alfredo Como nickade igen.

Överste Zatana slog handflatorna mot knäna samtidigt som han mumlade ”bra”, reste på sig, rättade till klädseln och gick ut ur rummet. Efter tio minuter kom han tillbaka med en läderportfölj i ena handen och ett vattenflaska i den andra. Vattenflaskan slängde han till herr Como, som fångade den med två skakiga händer.

- Nå, ska vi börja då? undrade överste Zatana och plockade fram ett formulär ur portföljen. Ta med dig stolen hit till skrivbordet så kan du sitta här och fylla i det. Han lade formuläret och en svart reservoarpenna på bordet.

Efter vad som tycktes vara en evighet vid formuläret, lade till sist Alfredo Como ner pennan och tittade upp. Överste Zatana satt på bordskanten och bläddrade i ett häfte som han hade plockat fram ur läderportföljen. Översten grymtade något, stängde sedan häftet och tittade ner på formuläret.

- Klar? frågade han.

- Ja, jag... jag kan... kan... vet inte... om jag kan mer än så här, svarade Alfredo Como med darrig röst och nervös blick som pendlade mellan formuläret och överstens bröstkorg. Han hade inte riktigt modet att se översten i ögonen. Överste Zatana tog formuläret, ögnade igenom det, såg att det var signerat, mumlade något och lade sedan ner formuläret i portföljen.

- Det får väl duga tills vidare, grymtade han.

- Har ni hört något från min fru? undrade Alfredo Como. Jag har inte hört av henne. Inga brev eller besök, ingenting så länge jag har varit här. Är hon och barnet... här?

-Här! Inte alls! Vi vet inte vart de håller hus. De är inte hemma och ingen har sett dem. Jag tänkte fråga dig. När såg du dem senast?

Alfredo Como undrade om översten kände till om dopet. Men visst måste han veta det. Vakterna måste ha berättat att de gick iväg med fader Ambrosius.

- Senast var när de gav sig i väg till dopet.

- Vilka de? Var Emilio också med, frågade översten.

- Nä, det var bara prästen, min fru och min son.

- Du menar fader Ambrosius, eller hur? sade överste Zatana med en lurig blick.

- Ja, suckade Alfredo Como till svar.

- Och nu är de försvunna. Och Emilio också. Jag har varit i kontakt med gruvbolaget och de säger att de inte har sett till honom på flera dagar. Tror du att de kan ha gömt sig någonstans tillsammans? Din fru och Emilio är ju gamla kamrater. Översten betonade kamrater som om det skulle betyda något mer nära, intimt, kanske.

-Jag visste inte att Emilio var försvunnen. Visst umgicks vi mycket förr, jag Carmina och Emilio, men som jag sade förut så har vi inte setts på länge.

-Jag tror att de är tillsammans, sade överste Zatana. Jag har nämligen pratat med fader Ambrosius och han nämnde dopet. Och han berättade också att Emilio hade varit närvarande som vittne och blivande gudfar. Jag tror att han vill beskydda henne och barnet. Han inbillar sig säkert att de är i fara och att det ska hända dem något. Som du vet så är ju din frus bror Gasparo, medlem av FBA-gerillan. Och vad jag har hört så har han en ledande roll i organisat-

68

ionen. Och så hela historien med dig. Det kan ju inte vara lätt för henne att vara gift med en man som sitter i husarrest. Jag tror att de har rymt tillsammans.

- Jag hoppas att de lever och är trygga någonstans, sade Alfredo Como och såg nu överste Zatana i ögonen.

Översten nickade och tog fram häftet som han hade bläddrat i och gav det till herr Como.

- Vad är det här för någonting?

Alfredo Como kände igen det tunna häftet.

- Det är en novell, en uppsats jag skrev i skolan. Din mor var som du vet min lärarinna i skolan på den tiden. Och vad jag kommer ihåg så tyckte hon om den, för hon hjälpte mig att få den i tryck.

- Ja, du var hennes favoritelev. Vad handlar novellen om? frågade överste Devo Zatana och nickade med huvudet mot häftet som Alfredo Como höll i med båda händerna.

- Den handlar om en fiskare som blev munk på 1700-talet. Munken Sebedaios protesterade mot kungen och den katolska biskopens tyranniska styre över människorna genom att nattetid sprida nidfulla pamfletter. Och en natt stormade kungens soldater det lilla klostret och skar halsen av honom och tolv andra munkar. Och på klostergolvet låg pamfletter som hade färgats röda av munkarnas blod. Efter den händelsen störtade folket monarkin och republiken var född. Det är vad novellen handlar om, sade Alfredo Como med stolt röst.

Överste Devo Zatana satt och tänkte en stund. Torkade svetten ur pannan och sade:

- Som jag sade förut så är ord farliga. Mycket farliga. Han tog fram reservoarpennan igen och sträckte fram den till herr Como som tog emot den med en förbryllande min.

- Min mor vill att du signerar novellen, och glöm inte datumet. Hon vill ha bevis på att du lever och har hälsan, grymtade han. Jo, det var en sak till, fortsatte han. Din son blev döpt till Sebastian... som min far. Jag tänkte att du kanske ville veta det.

När Alfredo Como var på väg tillbaka till sin cell åtföljd av endast en vakt, var han förbryllad. Han hade en penna i byxfickan och ett skrivhäfte instoppat under skjortan. "En poet måste väl skriva för att överleva", hade översten sagt och räckt över pennan och ett skrivhäfte.

Var det kanske på  överstens mors begäran, eller?  Han blev inte riktigt klok  på honom. Översten var och förblev ett mysterium för Alfredo Como.

# KAPITEL 8

## Gasparo

**Det var endast månen** som lyste upp natten och terrängen de ålade sig fram i. Gränsposteringen i den södra provinsen var inte lika kraftigt bevakad som de i öst och väst. Och det var den som Gasparo och femton man ur motståndsrörelsen nu var på väg att omringa. Den södra delen av landet bestod mestadels av savann med enstaka träd och buskar. Och här längst nere vid gränsen mot Sydlandet gick landskapet över från att vara betesfält och åkrar till grön lövskog. Mycket tack vare gränsfloden som slingrade sig fram som en vakande orm mellan de två länderna.

Gasparo och hans män var ute efter vapenförrådet. De behövde vapen, ammunition, granater, sprängmedel, ja allt som gick att använda i kampen mot diktaturregimen.

Tre träbaracker bestod gränsposteringen av. En på vänster sida om vägen och en till höger om vägen som gick ner till båtbryggan. Den till vänster om vägen var bostad åt soldaterna, och den till höger var kantin och officersmäss. Den tredje baracken låg nere vid bryggan där bilfärjan lade till. Den baracken fungerade som tull- och expeditionshus och var öppen endast dagtid. Det var där som radiooperatören befann sig. Han blev den förste som tystades när Gasparos mannar gick till attack.

## HEMMA HOS FADER AMBROSIUS

De hade nu suttit och väntat på Emilio i fader Ambrosius hem i över en vecka. De hade inte hört ett ljud ifrån honom och Carmina och fader Ambrosius var vid detta laget mycket nervösa och oroliga. Fader Ambrosius hade under denna tiden skött sina dagliga sysslor och förrättat både dop och vigslar. Han försökte helt enkelt bete sig som vanligt. Men vad var vanligt i dessa tider? Han såg människor som var oroliga och rädda. Många biktade sig och bad till Gud. Han hade tagit flera promenader ner till familjen Comos hus för att se om herr Como kanske hade kommit hem. Men både hus och gata låg öde och tyst. Kunde det kanske ha något att göra med att en svart liten bil stod parkerad längre ner på gatan.

Allt fler soldater och gendarmer hade blivit utkommenderade på stadens gator och torg för att kolla identitetshandlingar och för att skingra större folkmassor. Många hade arresterats. Några hade trotsat utegångsförbudet och blivit skjutna. Det rådde en nervös spänning i staden, och han kunde känna den, hos sig själv och hos de sina i församlingen. Det var samma känsla som inför ett annalkande oväder. Skulle det mullra till? Och skulle åskan slå ner? Han hade inga svar. Han visste bara att han skulle försöka göra vad som var rätt, för församlingen och sin egen själs nåd.

Det var sent på eftermiddagen när fader Ambrosius såg kvinnan genom de små hålen i biktstolen. Kvinnan gjorde korstecknet och satte sig ner. Det var en robust kvinna och hon tyngde ner biktstolen, såsom människornas synder tyngde honom. Efter att ha fått syndernas förlåtelse och trettio "Ave, Maria" lämnade kvinnan båset med ett lättat hjärta.

Fader Ambrosius var på väg att resa sig och gå, då han hörde dörren till biktbåset öppnas. Någon gick in och satte sig. Någon hade något på hjärtat.

Fader Ambrosius och besökaren lämnade kyrkan tillsammans via sakristian. De tog stigen som var kantad av cypresser och syrener som gjorde insynen minimal. De gick under tystnad tills de kom fram till fader Ambrosius kyrkobostad.

Väl framme vid bostaden gick fader Ambrosius fram till en stor trädörr som nästan låg parallellt med marken och tog av hänglåset. En stentrappa ledde dem ner till källarplan. Här nere var det svalt och lite unket. På hyllorna stod glasburkar med inlagd gurka, sylt och oliver. En trälår var halvfull med potatis och i en annan fanns det lök. På krokar hängde torkat kött och kryddiga korvar. Några vinflaskor från stadens egna vingård stod på en ektunna och lockade på den som var törstig.

- Vänta här! sade fader Ambrosius till besökaren och gick upp för en knarrande trätrappa.

## BEATRICE GAIHEDE

De satt i köket med fördragna gardiner. Barnet låg i en korg och sov. Carmina och fader Ambrosius satt tysta och försökte smälta vad Beatrice Gaihede nyss hade berättat.

- Så vad gör vi nu? undrade fader Ambrosius och tittade på Beatrice.

Beatrice hade med tårar i ögonen berättat för fader Ambrosius och Carmina att Emilio låg på sjukhus. Han hade blivit påkörd av en lastbil efter ett nattligt besök hos Chef Koda uppe på Mandrakeplatån. Och att det var därför som han hade skickat henne, och att han hälsade till dem att han efter omständigheterna mådde rätt bra.

Emilios högerben var brutet och han hade en lätt hjärnskakning. Enligt läkarna hade han också en skada på ryggraden. Hur allvarligt det var visste de inte.

Från sjukhussängen hade han skrivit ett brev till Beatrice och fått det levererat med hjälp av syster Anna, en av de många nunnorna som drev sjukhuset.

Och nu satt hon här hos fader Ambrosius och grät. Hon reagerade inte alls över frågan som fader Ambrosius hade ställt, så han frågade igen:

- Vad gör vi nu? Har inte Emilio sagt något till dig, Beatrice? Har han någon plan? Vad vill han att vi ska göra?

Frågorna var många och Beatrice torkade till sist sina röda ögon och stirrade upp mot fader Ambrosius.

- Jo, han har en plan.

Fader Ambrosius var  mycket tveksam till planen,  han tyckte att det var alldeles för farligt för dem att försöka ta sig ut ur landet, och det på gamla åsnestigar och smugglarleder uppe i bergen. Och vem skulle guida dem ut? Banditer och annat laglöst folk, som den där Chef Koda. Fader Ambrosius satt länge och tänkte på detta, men föll till sist till föga. Enligt Emilios plan ska Carmina ta kontakt med potatis- och grönsakshandlaren Pedro Mille.

Pedro Mille åker ofta in till Plaza de Angelos för att sälja sina varor. Förutom på vintern då åkerjorden får ligga i träda. Han har en liten gård vid utkanten av byn Mandragora, nära floden Nineve. Han ska ge dem lift ut ur La Stada.  De ska uppträda som man och hustru om  någon frågar. Och de ska ge sig iväg i god tid innan utegångsförbudet träder i kraft. För färden är lång och fort kommer det inte att gå med häst och vagn, men tryggare, eftersom soldaterna, om de skulle träffa på några, knappast skulle bry sig om ett ekipage som deras.

Sedan är det tänkt att Carmina och barnet övernattar hos Pedro Mille. Och i gryningen ska Chef Kodas män komma och hämta upp dem och föra Carmina och Sebastian till Mandrakeplatån, där de ska få hjälp med att ta sig över gränsen till Nordlandet.

Planen lät enkel och inte alltför svår att genomföra men fader Ambrosius tyckte inte om idén med att lämna Carmina och Sebastian i händerna på laglöst folk.

Natten innan de skulle resa, vankade han oroligt fram och tillbaka i sitt sovrum. Han visste att det inte skulle bli mycket till sömn, men just nu var sömn en lyxvara som han inte hade råd med.

# KAPITEL 9

## Resan

**Efter en nervös predikan** i kyrkan, hade fader Ambrosius druckit eftermiddagskaffe med ett par kyrkobesökare och sedan skyndat sig hem. Väl hemma gick han upp på vinden och sade till Carmina att skynda sig. Det var tid att ge sig iväg.

Carmina stod nu redo vid dörren, redo att ge sig av till torget för att möta Pedro Mille. Sebastian sov i en flätad näverkorg. I handen hade fader Ambrosius tre igenklistrade kuvert. Han räckte över dem till Carmina.

- Det ena brevet är till fader Luka. I det har jag beskrivit er situation och en önskan om hans stöd och hjälp i dessa svåra tider. Jag litar på fader Luka, han är en god man, han kommer att hjälpa er. Det andra brevet lämnar du till Pedro Mille. Och det tredje är till dig, Carmina... Det är från din man.

(Fader Ambrosius oroliga natt med många böner om hjälp hade givit honom styrka och mod att ändra lite på Emilios planer. Efter att ha skrivit breven till fader Luka och Pedro Mille hade han somnat, men då var det redan gryning.)

# EN RESA MED HÄST O VAGN

Under färdens gång berättade Pedro Mille lite om sig själv och om livet på landet. Han berättade att han var änkeman. Hans frun hade gått bort för fyra år sedan i barnsäng endast tjugoåtta år gammal. Barnet överlevde inte heller.

Han hade två drängar från byn Mandragora som hjälpte till på gården när det var som jobbigast. Och så hade han sin hushållerska Juanita, (som hon skulle träffa senare) som hjälpte till med både städning, matlagning och att se om hans virriga sextiosjuåriga mor.

Han hade frågat Carmina om hennes ålder och hon hade svarat:

- Tjugofem!

Carmina berättade i sin tur om Alfredo och om husarresten och om hur orolig hon var för Alfredo och lille Sebastian. Vad skulle hända med dem? Vad skulle hända med henne? Hon fruktade att det skulle bli inbördeskrig.

Pedro Mille hade suttit tyst och bara nickat jakande då och då under tiden Carmina berättade sin historia

- Du ska få se att allt ordnar sig till slut. Vi är strax framme och då ska ni få äta och vila ut. Och i morgon bitti tar jag er till fader Luka, så som fader

Abrosius önskar och skriver i sitt brev. Han litar visst inte riktigt på de där männen som var tänkta att hämta er, va? Men fader Luka är en bra man. Lite egen av sig, men bra. Han fruktar inget och ingen. Bara att han ska tappa tron, på Gud och på människan.

- Om en god man som fader Luka tappar tron, ja då vet jag inte vad för hopp det finns för mänskligheten. Pedro Mille skakade på huvudet samtidigt som han svängde in på gården. De var framme.

# KAPITEL 10

## Pedro Mille gården

**Förutom själva boningshuset** som bestod av två etage, fanns även en trälada, ett litet hönshus, ett verkstad- och redskapsskjul, en stor, rund vattentank som stod på långa, kraftiga stolpar av järn. Från vattentanken gick det ett rör till boningshuset så att gårdsbrunnen inte behövde användas när man ville ha vatten.

Pedro presenterade Carmina för sin mor Anna och för hushållerskan Juanita. Efter många kramar och pussar på kind frågade mor Anna om hon skulle tappa upp ett varm bad till henne, så här efter en lång och dryg resa.

Carmina tackade och sade att ett bad vore underbart. Medan Juanita lagade till ett enklare kvällsmål tog Carmina och mor Anna och fyllde zinkbaljan med hett vatten. Det lilla tvättrummet låg i anslutning till köket för att det var smidigast så. Det blev helt enkelt en mindre sträcka att gå med vattnet från vedspisen. Någon el fanns inte i huset. Stearinljus och fotogenlampor var vad som gällde.

Pedro hade lagt fram lite kläder åt både Carmina och lille Sebastian. Kläder som hans fru en gång hade burit, och barnkläder som var tänkta åt det barn som han och hans fru hade önskat att skämma bort. Till och med barnkammaren fanns kvar i orört skick.

De satt alla vid köksbordet och åt kallskuret, och till det Juanitas egna recept på potatissallad.

Pedros mor, Anna blev jätteglad över att se lille Sebastian. Hon tvättade och bytte på honom, pysslade om och daltade med honom. Mor Anna hade gnuggat lite extra bakom högra örat på gossen, där hon hade upptäckt en liten mörk fläck. Mor Anna hade mumlat något om att hon inte fick bort smutsfläcken bakom örat, men Carmina hade rättat henne och sagt att det inte alls var smuts, utan ett födelsemärke.

Hade mor Anna kunnat amma Sebastian så hade hon säkert gjort det också. Mor Anna var som förbytt. Hon var glad, lugn och sansad och inte alls den virrpanna som hon annars brukade vara. Vad ett litet barn kan förändra en människa, tänkte herr Mille och log.

Carmina och Sebastian skulle sova i barnkammaren, det hade mor Anna insisterat på, och så blev det. Barnkammaren var ett av tre sovrum som låg en trappa upp. Rummet var målat i en himmelsblå färg. Det fanns en säng, ett skötbord, och en stol som stod sidan om den vitmålade vaggan. Ett stort myggnät hängde ner från taket. Det var till för att skydda ett litet värnlöst barn från mygg och andra småkryp som kunde tänkas vilja göra barnet något ont. Mor Anna hade burit upp Sebastian och visat Carmina det fina rummet. Mor Anna berättade för Carmina att Pedro hade sovit i vaggan som barn. Och att det var Pedros far som hade byggt den.

Sebastian sov och mor Anna och Juanita hade gått till sina rum. Juanita bodde i vanliga fall i byn Mandragora med sin far och sina två yngre bröder. Men de visste att hon ibland sov över på Millegården. Speciellt när mor Anna var extra virrig och herr Mille behövde hjälp.

Carmina satte sig på sängkanten och tog upp korgen som Sebastian hade sovit i. Hon letade fram brevet som var från hennes man och som fader Ambrosius hade givit henne före avresan. Hon läste:

" Min kära, älskade Carmina. Om du läser detta så är jag antingen inspärrad eller på något sätt inte kontaktbar. Om något skulle hända mig, jag säger OM något skulle hända mig, så vill jag att du ska veta att du är det bästa som har hänt mig. Jag vill inte oroa dig, du har ju vår son att ta hand om. Jag kommer aldrig att ge upp hoppet om att få se dig och vår son igen! Aldrig! Jag ska försöka på något vis att komma i kontakt med dig, via vänner eller andra bekanta. Men först måste vi tänka på er säkerhet. Du kommer att få hjälp av vänner. Kan inte skriva några namn i brevet ifall det skulle komma på irrvägar. Jag lämnar min signetring i dina händer och önskar att du bär den tills vi möts igen. För alltid din ... Alfredo.

P.S. Amor vincit omnia.  D.S"

Carmina lade brevet åt sidan och tittade och vred på sin vigselring. Det var en "enkel" rund guldring. Alfredo hade sparat och lagt undan varje månad. Och när han hade tillräckligt med pengar för att köpa denna "enkla" ring, hade han friat till henne. Vi kan köpa en finare ring senare, när jag kan få lite bättre betalt för mitt skrivande, hade han sagt till henne. Men hon hade svarat  honom, att hon inte ville ha någon annan ring. Hon älskade sin ring med den fina inskriptionen: *"Amor vincit omnia"*. På ringens insida kunde hon läsa deras förnamn och ett datum som var ingraverat.

Carmina kände hur tårarna trängde på och hon snyftade lågt för att inte väcka sin son.  Hon vände upp och ner på kuvertet, och ut trillade hennes mans signetring. Hon torkade bort tårarna och trädde ringen på höger långfinger. Bara en liten stund, tänkte hon. Bara en liten stund av närhet. Just nu fanns den närheten i en ring. Och den satt löst. Hon knöt handen så att ringen inte skulle trilla av.

Hon lade  sig ner ovanpå sängtäcket med ringen under näsan. Hon ville känna doften av Alfredo. Och när hon gjorde det, slöt hon ögonen och somnade med kläderna på.

## MÖRDARE OCH VÅLDTÄKTSMÄN

Ute i månljuset red sju män. De var skitiga, berusade och red i full galopp, som om de vore jagade av djävulen själv. Kanske var det så. I överste Zatanas ögon var de desertörer från sjunde kavalleriregementet, och skulle hämtas tillbaka, döda eller levande. I några ögon var de kanske frihetsälskare och hjältar. Män som vågade sätta sig upp mot överheten och trotsa en diktator. Men innan solen går upp över bergen i öster, ska de sju ha suddat bort alla tvivel om vilka typer av män de är. Och  de ska sedan för alltid bli kallade för vad de blev: Mördare och våldtäktsmän.

## ÖVERFALLET PÅ MILLEGÅRDEN

Det var fortfarande mörkt ute, när Pedro Mille kallsvettig satte sig upp i sängen. Han hade sovit oroligt och drömt om korpar och gamar. De hade kommit  svävande högt i skyn och bara sett ut som små svarta prickar. Han hade stått ute på gården och tittat upp mot en klarblå himmel. Efter en stund hade han hört deras kraxande, och sedan sett dem komma ner på lägre höjd. De cirklade runt, runt, som om de letade efter något. Sedan såg han dem allihop dyka rätt ner mot... vad? I drömmen hade han gått för att se vad det var som hade lockat fåglarna. Och när han kom fram såg han att det var hans gravida fru som låg där på marken. Sju gamar höll redan på att picka på henne. Det var då han hade vaknat.

Kallsvettig gick han bort till tvättfatet och sköljde ansiktet med tvålvatten. Sedan klädde han på sig. Varför hade den fyra år gamla drömmen kommit tillbaka? Han hade haft mardrömmar många gånger efter det att hans fru hade gått bort. Men denna dröm, denna mardröm om korpar hade han bara haft en gång tidigare. Det var den natten då hans fru Annabella gick bort.

Därför var oron stark i honom när han gick uppför trappan till barnkammaren där Carmina och Sebastian låg och sov.


Pedro Mille knackade lätt på barnkammardörren. Han väntade en stund och knackade sedan igen.

- Vem är det? viskade Carmina fram där hon stod bakom dörren.

- Det är bara jag, Pedro.

Carmina öppnade dörren lite på glänt. Hon såg på honom med en frågande blick, såg att han stirrade på henne där hon stod, sömndrucken och klädd i gårdagens kläder. Hon ryggade tillbaka lite.

- Har det hänt något? frågade hon förvånat. Rösten var fortfarande låg, viskande för att inte väcka gossen.

- Nej, det är bara en känsla jag har av att vi bör ge oss av så snart som möjligt. Inget att oroa sig för, men det är bättre att ta det säkra för det osäkra. Om ni gör er klara så ska jag gå och spänna för hästen. Carmina nickade och stängde dörren. Hon plockade upp korgen, lade tillbaka Alfredos ring i kuvertet och sedan gick hon bort till vaggan och tog upp sin son.

Innan Pedro Mille gick för att spänna för hästen gick han bort till eldstaden. Där ovanför på en hylla låg en ask patroner som han plockade åt sig. Han plockade också ner hagelbössan från väggen och laddade den. Bäst att vara på den säkra sidan, tänkte han.

Med bössan i den ena handen och en fotogenlampa i den andra gick han så ut i mörkret.

I redskapsskjulet stod den gamla giggen och samlade damm. Han såg sig omkring och hittade en trasa som han torkade av sätet med. Sedan drog han ut vagnen på gården.

I spiltan stod Rimfaxe och frustade. Rimfaxe var en sju år gammal valack och svart som natten. Han märkte närvaron av Pedro.

- Såja, såja min vän, sade Pedro Mille med en lugn röst. Jag vet att du saknar Annabella, det gör jag också, viskade han Rimfaxe i örat. Jag önskar också

86

att hon vore här, men det är hon inte. Vi två får klara oss ändå. Och nu behöver jag din hjälp, fortsatte Pedro Mille att viska. Jag känner på mig att du också vill ut och röra på dig lite. Jag vet att du inte har fått lika mycket motion på sista tiden som då Annabella levde. Men nu behöver jag din snabbhet och din uthållighet, för vi ska ända bort till missionsbyn. Du minns väl fader Luka? Rimfaxe gav ifrån sig ett gnäggande svar och stampade lätt med vänster framhov.

Pedro Mille ledde ut Rimfaxe till gårdsplan, spände honom för giggen, och gick sedan tillbaka till boningshuset med geväret hängande över axeln.

Inne i huset rådde nu full aktivitet i det svaga skenet från fotogenlampan som hängde ner över köksbordet. Alla var vakna och uppe. Juanita stod vid köksbordet och packade en korg med frukt, torkat kött, bröd och en bit ost. En flaska rött inhemskt vin fick också plats. Och över alltihopa lade hon en broderad linneduk.

Efter att Carmina ammat den lille, tvättade mor Anna honom och såg till att han fick på sig nya rena kläder. Hon gosade lite med honom och lade sedan ner honom i korgen. Och eftersom det fortfarande var kyligt ute svepte hon in gossen med en extra filt. Mor Anna  hade själv broderat den med olika fruktmotiv.

Juanita hade under tiden gått upp på barnkammaren för att hämta skallran som mor Anna ville att gossen skulle ha. När Juanita kom ner hade herr Pedro  just klivit in genom dörren. Han såg stressad och nervös ut.


- Vi måste ge oss av! Om alla är klara så vill jag att vi åker nu, sade Pedro bestämt och tittade på kvinnorna som huserade runt i köket.
- Jag ska bara springa ut med er frukostkorg, sade Juanita som kände sig lite förvirrad när det stressade ihop sig och snappade åt sig korgen som nu stod på golvet. Hon skyndade sig ut och lade korgen i giggen. Sedan stelnade hon till. Hon hade hört något och det hade också Rimfaxe som frustade och spetsade öronen. Juanita stod blick stilla och lyssnade. Hästar, tänkte hon. Hon såg inga, men hon kunde tydligt höra ljudet av hovar som blev starkare för var sekund som gick. Ryttare, och de kommer hitåt.

# KAPITEL 11

## Gaihede, Beatrice och Aragon

**Aragon och Fiskare Gaihede** drog kärran längs gamla strandvägen  tills de kom fram till en trägrind. Ett trästaket som en gång i tiden varit vitmålat, omslöt den lilla trädgården. De var framme.

Fiskaren Gaihedes hus var litet och vitt, och låg i de gamla kvarteren på söder. Rouen, hette fiskeläget och var ett av de äldsta, bevarade områdena i staden. Turister tyckte om platsen och de bidrog till att platsen kunde överleva. En gång i tiden hade Rouen varit en liten, självständig och blomstrande fiskeby. Men krig och epidemier hade smugit sig på som objudna gäster och nästan tömt byn på invånare.

Åren gick och med tiden växte Rouen ihop med La Stada.

Gamla slitna hus med gamla slitna människor. Och här bodde Gaihede med sin dotter Beatrice.

Aragon hade träffat Beatrice ett antal gånger under de fjorton dagarna som han hade varit hos dem. Han visste att hon var tjugosju år och att hon och  Emilio umgicks. Han hoppades på att det var något intimt och inte något som kunde störa hans verksamhet.  Han tyckte att hon verkade lite disträ och tystlåten. Han kände på sig att hon gick och ruvade på något, en hemlighet? Kanske. Någonting gnagde i henne i alla fall och han kunde se det. Kunde det ha någonting med hans egen person att göra? Hade hon listat ut att han inte var Jethro Boz, den avlägsna släkting som han sagt att han var?

De två stod och betraktade sitt "förbjudna" verk i den gamla slitna fiskeboden. Tryckpressen var ihopsatt och färdig att spotta ut nesligheter mot överheten. Färdig att störta en diktator.

Digelpressen var från början av 1800-talet och hade fått ta emot en hel del törnar under åren, men den fungerade och det var det viktigaste.

Aragon och Gaihede tittade på de olika provtrycken, gjorde små justeringar, och satte sedan igång med att trycka.


"Pamfletter! Tusentals pamfletter ska tryckas! Och de ska regna ner från himlen som manna!"


När de var klara för dagen och gömt tryckpressen under ett lager av bråte och gamla fiskenät, gick de tillbaka till Gaihedes hus. De såg att Emilios jeep stod parkerad bakom syrenbuskarna vid husets östra gavel.

- Så Emilio är här. Den odågan. Det var ett tag sen jag såg honom. Trodde kanske att han skulle lämna Beatrice ifred nu efter allt skit han har gjort, sade fiskare Gaihede och lade pannan i tunga veck.

Aragon blev däremot orolig. Skulle Emilio känna igen honom? Många år hade förflutit och han hade förändrat sitt utseende, men ändå. Ett ord, en blick, räckte ibland för att avslöja en person.

De gick in.

Beatrice stod i köket och höll på med middagen när hon hörde hur de bökade i hallen. Hon var nervös. Men hon måste berätta. Få ur sig det som tyngde hennes hjärta. Hon skulle berätta efter maten. Om hon vågade.


- ÄR DU MED BARN! Med odågan Emilio? För det är väl Emilio som är den skyldige, frågade Gaihede och stirrade sin dotter djupt i ögonen.

- Jo, det är han som är fader till barnet. Och jag älskar honom... och jag tänker behålla barnet. Bara så att du vet.

- Jo jag vet, sade Gaihede och kramade om sin dotter. Jo jag vet. Men var är odågan någonstans då? Och vet han om att han ska bli far?

- Han, han ligger på sjukhus. Han har blivit påkörd av en lastbil och ligger med brutet ben, snyftade Beatrice. Och här står jag och är med barn, vad ska folk säga.

- Skit i folket! svor Gaihede. Och i kyrkan också för den delen. Nu är det din hälsa  och barnets som kommer i första hand. Emilio kan vi besöka i morgon. Du har väl berättat för honom att du är med barn?

Hon skakade på huvudet och satte sig ner. All luft hade gått ur henne och hon kände sig matt, trött och glad, glad över att hon hade berättat för sin far om barnet. Det andra som tryckte hennes hjärta skulle hon ta upp i morgon...

Efter en lång dag av både ångest och lättnad sade Beatrice god natt och gick upp på sitt rum. Gaihede och Aragon satt kvar vid köksbordet och såg henne försvinna uppför trappan.

- Detta komplicerar läget en smula, sade Gaihede och tittade ner i bordet.

- Vad menar du?

- Jag tänker på barnet, svarade Gaihede.

- Barnet? Aragon såg ut som ett frågetecken i ansiktet. Men det ska väl gå bra med barnet. Emilio kommer att ta sitt ansvar, och så gifter de sig. Du ska se att allt löser sig till det bästa.

- Jag tänkte mer på riskerna.

- Riskerna?

- Ja, riskerna som vi utsätter dem för. Det vi sysslar med. Tryckpressen, pamfletterna.

Aragon märkte oron i sin väns röst. Ett nytt läge hade uppstått. Han förstod. Gaihede var orolig över barnbarnet som grodde i hans dotters sköte.

92

- Käre vän, sade Aragon och sträckte sig över bordet och tryckte Gaihedes händer. Vad vill du vi ska göra? Ska vi flytta grejerna... i natt... vill du... vill du att jag ska flytta? Aragon såg på sin vän som hade tittat ner i bordet hela tiden under deras samtal. Det löser sig, sade han sedan och hoppades också så, ty även han visste att om de blev ertappade så skulle de sannolikt bli skjutna på fläcken.

Efter en kort tystnad reste fiskare Gaihede på sig och såg på Aragon med trötta ögon.

- Vi får sova på saken. Det finns ändå ingenting vi kan göra nu. Låt oss gå igenom alternativen i morgon. Vi kanske hittar lösningen i våra drömmar. Gaihede klappade med tung hand Aragon på axeln och önskade honom en god natts sömn.

Aragon satt kvar vid köksbordet. Han satt och begrundade alternativen. Fördelar respektive nackdelar.

Efter en stund reste han på sig, tog kaffekopparna från köksbordet och gick bort till diskbänken. Medan han sköljde ur kopparna gick blicken mot fönstret framför honom. Ute var det mörkt, men han såg ändå ansiktet i rutan, ett ansikte som han inte kände igen. Och det stirrade på honom. Vad Aragon såg var ett ansikte så täckt med skäggväxt att han knappt kunde se solbrännan som han visste fanns där. Håret, håret var svart, krulligt och det hängde ner till axlarna. Han kunde inte se om ögonen var bruna, men han visste att de var det. Det var med trötta ögon han såg på sin egen spegelbild. Han stod en stund och stirrade på sitt alter ego, och föll sedan i djup koncentration.

Ett nytt läge hade uppstått och måste konsekvensanalyseras, fördelar ställas mot nackdelar, vinster mot förluster och liv mot liv. Och det var svårt när han inte ens visste om målet nu var detsamma som förut.

Han gick därifrån och bilden av honom försvann.


När Aragon efter morgontvätten klev in i köket, såg han att frukosten redan var framdukad och att Gaihede och Beatrice redan satt tillbords. De satt mitt emot varandra och pratade med dämpade röster. De hörde honom komma. Barfota gick han in över ett knirrande golv.

- God morgon, sade Aragon och gick bort till spisen för att hämtade kaffekannan.

- God morgon, Aragon, hälsade de unisont tillbaka. Aragon höll nästan på att tappa kaffekannan i golvet. Han stod med ryggen vänd mot dem, så de kunde inte se hur oron spred sig i djupa veck över hans panna.

- Det är okej, vi har pratat. Jag har berättat för Beatrice vem du är. Kom och sätt dig. Beatrice har något viktigt att berätta, sade Gaihede och höll fram sin kaffekopp.

Beatrice berättade för Aragon vad hon hade berättat för sin far. Om brevet hon fått från Emilio. Hon berättade om fader Ambrosius och om dopet. Alfredos arrestering, och om Emilios plan. Den om att skicka Carmina och barnet utomlands. Och att Pedro Mille skulle hjälpa dem.

- Jag tror att Emilio är rädd för att det ska bli krig, sade Beatrice.

Aragon satt tyst och begrundade vad som sagts.

Nytt läge, ny konsekvensanalys.

Carmina fick till slut sitt efterlängtade barn, tänkte han. Och så har jag gått och blivit farbror. Ingen såg det lilla leendet som kom över Aragons läppar.

- Så de åkte hem till potatisodlare Mille. Aragon tittade på Beatrice och på Gaihede. Båda nickade.

- Ja, och Emilio sade att han har fixat så att de ska få hjälp med att ta sig till Chef Kodas läger. Han kommer att hjälpa dem över gränsen.

- Så vad händer? Hur går vi vidare? Vad gör vi nu? Bryter vi upp eller ligger vi lågt? Aragon höll blicken fäst på Gaihede, beslutet låg hos honom. Men vad som än beslutades så visste Aragon vad han själv måste göra.

- Beatrice vill ta jeepen och åka till Chef Kodas läger för att hämta Carmina och Sebastian, sade Gaihede. Hon föreslår att vi för över dem  till Västlandet med min båt istället. Du har ju vänner där, eller hur, Aragon, som kan hjälpa? Gaihede tittade frågande på Aragon.

- Och Beatrice? Det är väl säkrast om hon också följer med över till Västlandet? Aragon tittade på Beatrice som nickade.

- Ja det är säkrast så, nu när hon är med barn, sade Gaihede och log åt sin dotter. Och när Emilio är frisk så följer han efter, över till fru och barn.

- Sin fru?

- Ja inte åker hon iväg och föder ett barn utan att först ha gift sig. Inte för att jag bryr mig, men du vet hur människor kan vara om man inte följer den allmänna samhällsuppfattningen om vad som är moraliskt och etiskt korrekt. Jag tänker då speciellt på den katolska, och deras syn på skam, synd, omoral, heder och vanheder, och att vi alla är födda i synd. Inte fan tycker jag att mina föräldrar syndade när de lät mig komma till världen. Och inte kommer det att vara en synd när Beatrice och Emilios barn föds heller. Hur har prästerskapet tänkt sig att mänskligheten ska kunna överleva om inte folk parar sig? Jag bara undrar.

- Du kommer väl ihåg pigan Pigall, fortsatte Gaihede. Hon som gick och dränkte sig efter det att moralens väktare hade hånat och trakasserat henne. Hon födde en dotter. Fader okänd, fast alla misstänkte hennes arbetsgivare. Hon orkade till sist inte med  grannarnas och allmänhetens spott och spe. De som kallade sig för goda katoliker och kristna.  Kärlek till din nästa... o.s.v. Jävla hycklare!

Gaihede var röd i ansiktet av ilska.

# KAPITEL 12
## Gasparo och hans män

**Gasparo och hans män** hade stannat till vid Nineves norra strandkant för att övernatta. De kunde se ruinerna efter fornstaden Uxmal-Cuzco ligga där som en påminnelse om alltings förgänglighet.

Alla stora riken krackelerar och förfaller, förr eller senare. Nya tider kommer, och nya riken uppstår. Men dårskapen är densamma. Och med symboler hämtade från ruinernas fornstora dagar och fasader av nationalism, ära och makt, bygger man nya tempel, nya murar. Nya pakter där fiende blir vän, och tvärtom. Nya herrar, men med samma mål: Makt, pengar och gudomlighet. Tills fasaden spricker, rasar... och allt blir... naket... synligt... ynkligt.

Gasparo och hans män satt och drack kaffe vid en stor sten som arkeologer på 1890-talet hade grävt fram. Enligt arkeologerna var denna sten ett offeraltare. Här hade man offrat till gudarna. Offer av kött och blod. Människor, djur, ja t.o.m. sina egna hade offrats för att blidka gudarna. Men om allt detta visste Gasparo och hans män intet. De hade kort och gott bara tyckt att det var en bra sten att ha som bord.

Solen höll på att gå ner i väst och Gasparo hade givit order om att två vaktlag skulle posteras ut. Ett norr om ruinstaden Uxma-Cuzco, vid korsningen Uxmalgatan (som var en grusgata utan grus) och Via Nuntius (som var en bredare väg). Förr i tiden hade budbärare sprungit denna vägen till Östlandets regenter med gåvor och traktat. Ett vaktlag posterades söder om, vid den gamla stenbron över floden Nineve. Man ska alltid gå minst två och två vid vakttjänstgöring, det hade han lärt sig på militärutbildningen, den som han hade fått i utlandet. Gasparo tog det säkra före det osäkra. Visserligen var det lugnt här, för tillfället, men han lämnade inget åt slumpen.

Om man följer Via Nuntius österut kommer man först till handelsstaden Pagus som ligger vid foten av berget Aurum. Sedan fortsätter vägen uppåt tills man kommer fram till den övre delen av berget Aurum, som i folkmun kallas för "Spina del Diablo" eller "El Espinazo del diablo" (djävulens ryggrad). Där uppe på ryggåsen slingrade sig förr i tiden en åsnestig fram och bort mot gränsen i öster. Åsnestigen är för längesen borta och man har i stället hackat och sprängt fram en ny, bredare väg. Det är den nya handelsvägen österut, Via Spina.

Gasparo hade fått reda på att gränsen mot Österlandet hade förstärkts och att det nu var lönlöst att ta sig fram på Via Spina. Han hade också fått information om att militära förband var i rörelse och att de var på väg att stänga av samtliga gränser och gruvområden. Att ett jägarförband nu var förlagd i den lilla handelsstaden Pagus oroade honom. Detta var inga goda nyheter. Han måste nu hitta en annan väg till baslägret.

## HANDELSSTADEN PAGUS

Det sägs att den lilla handelsstaden Pagus vars läge vid foten av berget Aurum har ett invånarantal som sträcker sig mellan allt från fem till tiotusen. Det beror lite på hur och vem man räknar. Många av dess invånare är av den ljusskygga typen och sysslar med affärsverksamheter som t.ex. smuggling, vapenhandel, prostitution, utpressning, rån och mord. Hur många vet man inte. Men listan kan säkert göras lång. Men det finns också de som håller på med mer seriösa och hederliga saker som; boskapsuppfödning och olika typer av odlingar. Det finns också kvinnfolk som väver och de som jobbar på garveriet. Det finns en bank och ett postkontor som också inrymmer stadens telefonväxel och telegraf. Det finns ett slakteri och ett bageri, en polisstation och ett rådhus så att staden kan se presentabel ut.

En stad som en gång i tiden bara hade varit en liten avkrok, en håla byggd av och för depraverade män och kvinnor var nu en stad, men fortfarande för de depraverade. De som hade varit här först, (förutom indianerna) de som hade slagit sig ner här med sina spadar, hackor, tält och vaskpannor, det hade varit guldgrävarna. Men det är en annan historia.

Staden Pagus har som alla andra städer en borgmästare; den beryktade herr Molok.

Staden Pagus borgmästare, herr Molok hade också ett dolt förflutet som smugglare och medlem i Chef Kodas ökända rövargäng. På den tiden då det begav sig hade Molok och Chef Koda hängt ihop som ler- och långhalm uppe på Mandrakeplatån. I alla fall innan "Det" hände.

Mandrakeplatån ligger strategiskt mycket bra till uppe vid norra gränsen och är platsen där Chef Koda och hans smugglarband har sitt läger. Längs gränspassagen i norr har de i åratal överfallit handelskaravaner och andra smugglare som försökt passera utan att betala "tull". Vänskapen höll i sig ända tills "Det" hände.

"Det" hände när herr Molok fyllde tjugoåtta år. "Det" var kvällen då han lämnade lägret med Chef Kodas yngsta dotter Jasmina. Jasmina som då bara var sexton år och förälskad. De hade tillsammans roffat åt sig en bra summa pengar och guld ur Chef

Kodas kassakista. De hade passat på medan de andra sov ruset av sig från födelsedagsfirandet.

Med sadelväskan uppslängd på åsnan och med hjälp av månskenet hade de vandrat upp i bergen mot vad Jasmina då trodde var en ljus framtid. En framtid full av värme, kärlek och äventyr. Jasmina visste inte då som naiv sextonåring att hon mer skulle bli som en gisslan än en käresta. Det visste hon nu, tio år senare.

Gasparo och hans män hade bland ruinerna hittat, vad som såg ut att en gång i tiden ha varit ett hörn till en byggnad. Vad för byggnad visste de inte. Men hörnväggarna var cirka en och en halv meter höga och tre meter breda och byggda i sten och lera. Och hörnspetsen vette åt norr. Ett bra skydd mot både vind och insyn. Innanför dessa väggar gjorde de upp en lägereld. För nätterna var lika kalla och korta som dagarna var varma och långa.

En man vid namn Caran d´Ache hade fått uppgiften att sitta eldvakt medan de andra tog sig en välförtjänt vila. Det hade varit en händelserik dag.

Caran d´Ache var nitton år ung och hade varit karikatyrtecknare och illustratör på tidningen TeMa i drygt två år. Det var innan militärjuntan hade slagit till och stängt tidningen. Den dagen då gendarmerna hade stormat tidningsredaktionen hade han varit ute i naturen och tecknat. Han hade haft tur. Han var fri, andra var det inte. Och hur många som hade fått sätta livet till, visste han inte. Nu satt han i lägereldens sken med sin pennstump och sitt skissblock och tecknade av de sovande... de tappra få.

Det närmade sig midnatt och de två som vaktade vid korsningen Uxmalgatan-Via Nuntius, hade ännu inte sett till några ryttare, men de hade hört dem och deras hästar. De gissade på att det var sex, sju hästar och att de var trötta. Det kunde de höra på allt frustande. Vad de inte visste var om det var vän eller fiende som närmade sig. En av dem var tvungen att gå tillbaka till lägret för att informera om läget. För säkerhets skull. Om ifall att... För de visste att Gasparo var en försiktig man och inte tolererade att man på grund av slarv eller slöhet satte honom eller hans män i livsfara. Därför var lojaliteten också stor bland männen.

Men ingenting hände. Elmer Eliot såg dem rida förbi där han låg och tryckte bakom ett stenröse. De var sju... nej åtta, som red förbi. Elmer Eliot fick det till åtta. Sju män och en kvinna med korpsvart hår.

# KAPITEL 13

## Kapten Sulla och jägarförbandet i Pagus

**Skolan som inhyste** två av kapten Sullas tre jägarplutoner låg på Pagus västra sida, nära kyrkan där åkerfälten bredde ut sig. Alltså vid utkanten av staden. Kapten Sulla hade föredragit ett mer centralt läge och med bättre kommunikationsmöjligheter. Som t.ex. vid postkontoret. Men riktigt så blev det inte.

Kapten Sulla hade haft ett långt och livligt samtal med borgmästare Molok om var förbandet skulle vara stationerat. Borgmästare Molok hade varit envis som synden själv och sagt att han inte ville ha soldater som  flamsade runt i staden. De kommer ju att skrämma upp både unga och gamla, hade han sagt. Kapten Sulla hade då svarat tillbaka att hans män "flamsade" inte omkring i städer. De var disciplinerade elitsoldater ur tredje jägarbataljonen. Och om herr borgmästare ville ha smakprov på deras färdigheter så var det bara att säga till.

Borgmästare Molok ville inte ha ett smakprov. Istället hade han kallat in stadens polischef, Marius Cinna.

Det hade varit hårda ord och förtäckta hot under samtalen. Men Kapten Sulla och borgmästaren hade till sist kommit fram till en lösning. Det blev att en pluton och befälen skulle få övervåningen på postkontoret. Resten skulle vara på skolan.

Och så var läget nu när klockan närmade sig midnatt.

Kapten Antonio Sulla satt i skolans lärarrum och gjorde iordning morgondagens spanings- och bevakningsscheman. Men han kunde inte riktigt koncentrera sig. Han hade två mycket irriterande bilder i huvudet. Den ena bilden var av borgmästaren och den andra var av den där jävla idioten till polischef. Hur i helvete kunde två så intelligensbefriade och otrevliga typer som de ha så höga poster? Mutor, tänkte han. Inte fan kunde annars två kriminella, för kriminella var de, sådant kunde han lukta sig till, få sådan makt.

De två irriterande bilderna försvann när kapten Sulla hörde att det knackade på hans dörr.

- Kom in! svarade han irriterat. Dörren öppnades och han såg löjtnant Bravo stå i dörröppningen, och han verkade andfådd.

- Kapten! ryttare är på väg hit!

- Ryttare? Hur många och vilken beväpning? undrade kapten Sulla.

- De är sju, kapten. Vi tror att det kan vara männen som deserterade från sjunde kavalleriregementet. Och i så fall är beväpningen; kavalleristens Mauser och sabel, kapten!

- Bra! då tar vi dom jävlarna, sade kapten Sulla och reste sig upp från katedern. Katedern som han hade låtit bära in från ett av skolans två klassrum.

## DE SJU RIDER OCH MÖTER... SULLA.

De sju var egentligen åtta. De hade en kvinna med sig. Men hon var bunden och medvetslös. Det var menig Plebs, nyss fyllda arton år som hade fått i uppgift att ta hand om kvinnan. De andra hade bundit fast henne med ett rep runt hans midja så att hon inte skulle falla av hästen. Det var hans "straff" för att han inte hade gjort vad de "andra" hade gjort med henne.

Menig Plebs äcklades av att finnas i deras närhet. Han hade deserterat och ridit iväg med dem bara för att han ville komma bort. Inte visste han då, då när de hade bestämt sig för att ge sig av, att de skulle visa sig vara jordens avskum.

Han hade försökt, det hade han. Då... där vid gården... han hade försökt... men korpralen... han... han är en sjuk jävel. Och ju mer korpralen drack desto elakare blev han.

Han hade försökt hindra honom... dem. Då. Men han var bara en... och rädd. Livrädd.

Det hade varit mörkt då... där vid gården.

106

På gårdsplanen hade han sett en häst stå förspänd framför en vagn. Korpralen hade beordrat honom att gå av och se efter om det fanns någon i vagnen. Han hade sett en korg, det var allt. Han hade sagt att vagnen var tom, och då hade korpralen givit hästen en klatsch i ändan så att den galopperade iväg. Då öppnades ytterdörren till boningshuset. Och... så började svineriet.

Menig Plebs hade försökt rida bort från bilderna som  hade etsat sig fast i huvudet. Men det gick inte. Tårarna rann nerför hans kinder och han kände sig trött, mycket trött.

Männen var också trötta och bakfulla. Hästarna var trötta, de hade varit på språng hela dagen, och nu vid midnatt ville de inte mera. Så de stannade. Det var mörkt ute men korpralen hade sett ett svagt ljussken.  Vi måste vara nära nu, tänkte han. Kunde det vara två kilometer till handelsstaden Pagus? Han trodde det.

- Sitt av! beordrade korpralen. Vi går resten av vägen, så får hästarna vila. Det är knappt en kilometer till Pagus. Jag vet att ni är trötta och det är jag med, men vi kan inte stanna här. Så samla ihop er. Vila får vi göra när vi har kommit fram.

Männen grymtade men lydde och klev av sina hästar. Alla utom menig Plebs. Han satt kvar på sin häst, fastsurrad som han var vid den medvetslösa kvinnan. Kvinnan med det korpsvarta håret.

När de sju hade kommit så pass nära att de kunde se konturerna av den vita träkyrkan, var det för sent. De var omringade och de badade i ljus från lastbilarnas framlycktor. De hade inte hunnit reagera, så fort hade det gått. Och det var lika bra det, för de skulle inte haft en chans.

Kapten Antonio Sulla var nöjd. Mycket nöjd. Inte ett enda skott hade avlossats under nattens operation. Mycket bra. Inga döda, inga skadade. Jo, förvisso fanns det ju den här kvinnan som var medvetslös. Men hon fick nu vård på sjukstugan. Och han hade placerat ut två vakter där för säkerhets skull. Man ska alltid vakta i par, det var hans filosofi. De sju desertörerna hade han också låst in, i kyrkan. Det kunde inte skada  med lite syndabekännelse. Han placerade ut ett par vakter inne i kyrkan också. Hästarna inackorderades hos närmaste bonde. Bonden hade inte varit glad över att bli väckt mitt i natten. Men han hade inte sagt nej. Man säger inte nej till män med skarpladdade vapen.

I en av sadelväskorna som nu låg på katedern, hade man hittat vad man med säkerhet visste var stöldgods. Saker som tillhörde  någon stackare de hade rånat. Kapten Sulla skulle förhöra fångarna om en stund. De borde veta i vems fickor de har varit och grävt.

# FÖRHÖRET

- Vi vet att ni är en desertör. Och, som ni säkert vet så kan vi skjuta er, här och nu. Sådana är krigets lagar, sade kapten Sulla lugnt och tittade på den storväxte korpralen. Korpralen svarade inte, han bara hånlog tillbaka.

Kapten Sulla såg med förakt på mannen som satt framför honom. Han var skitig och orakad och tänderna hans var gula, ja näst intill svarta och i dåligt skick. På mannens klotformade huvud låg ett tunt lager av ljusa hårstrån. O´grey som såg ut att vara i femtioårsåldern, var i verkligheten inte mer än trettiotvå år. Ett dåligt leverne hade tärt hårt på mannens kropp. Kapten Sulla tyckte inte synd om honom.

Efter att ha studerat korpral O´greys ID-handlingar och lagt dem åt sidan, lutade kapten Sulla sig tillbaka i stolen, och med händerna knäppta bakom nacken ställde han så sin första fråga:

- Jag ser här i dina papper att du har varit i det militära i drygt tio år. Tio år och "bara" korpral. Vad gick fel?

- Willem O´grey! Korpral i sjunde kavalleri regementet! ID- nummer: 1904-04-04-0711, Kapten!

Det var inte precis det svar som kapten Sulla hade väntat sig av en man som när som helst kunde bli ställd framför en exekutionspluton. Han riposterade:

- Du! Du är ingenting! Du var en kavallerist, en korpral! Och nu är du en desertör! Och snart är du bara föda åt maskarna! Kapten Sulla ställde sig upp och blängde ilsket på mannen som fortfarande satt och hånlog mot honom. Var mannen idiot eller...?

- Löjtnant! Få ut idioten härifrån. Jag tål inte se honom. Spärra inte in honom med de andra. Jag vill inte att han ska ha någon som helst kontakt med dem. Är det förstått?

- Ja, kapten!

- Och för sedan hit menig Plebs. Jag tror att han håller livet mer kärt än... den där. Kapten Sulla nickade mot den hånleende mannen, som nu stod upp.

- Ja, kapten! sade löjtnant Bravo och föste ut fången.


Menig Oliver Plebs var mycket riktigt mer rädd om sitt liv. Kapten Sulla hade inga som helst problem med att få sina frågor besvarade. Menig Plebs hade pratat på och i stort sett berättat allt vad han visste och trodde sig komma ihåg från dagen då de stack iväg (deserterade), och fram till idag. Kapten Sulla var mycket nöjd, men det var fortfarande några frågor som han inte hade fått svar på. Så han frågade vidare.

- Kvinnan som ni har tagit med er. Vem är hon?

- Jag vet inte. Hon fanns i huset.

- Du berättade att "ni" först sköt mannen i huset, och därefter våldtog kvinnorna. Hur många kvinnor var det i huset?

- Tre. Det var tre stycken. Men jag rörde dem inte, jag svär! Det var korpralen! Och de andra! Jag ville inte. Jag ville bara rädda henne!

- Varför valde du just att rädda henne? Du sade att du inte kände henne. Kapten Sullas röst kunde ha tillhört vilken biktfader som helst.

- Nej, jag har aldrig sett henne förut. Varför? Därför att... därför att hon... levde. De andra hade gjort det med henne och det var min tur. Jag sade till dem att jag inte kunde... få den att stå. Korpralen ville då skjuta henne, men jag sade, att bara ge mig lite tid så... så gör jag det. Jag visste att vi inte hade tid att stanna i huset och att de inte skulle vänta. Jag trodde att de kanske skulle rida iväg och lämna mig med henne, men det gjorde de inte. De band istället fast henne vid mig. De sade att de säkert skulle få nytta av henne igen. De satte eld på gården och så red vi därifrån.

Menig Oliver Plebs kropp skrek av ångest och nervositet. Och Kapten Sulla kunde se tårar rinna nedför hans kinder.

Arton år och hela livet bakom sig.

(En kort paus under vilken kapten Sulla går och hämtar stöldgodset, och en näsduk.)

- Du säger att gården ni kom till, var den enda som blev utsatt för er "våldgästning". Ni var alltså fromma som lamm innan dess?

- Nej! korpralen och fältskären hade dagen innan rånat en lanthandlare på både vin och pengar.

- Men allt som ni har stulit i form av ringar, halsband, matsilver kommer alltså från gården?

- Ja, kapten.

- Och kvinnan. Tog ni något som tillhörde henne?

- Ja, kapten.

- Minns du vad för något? Kapten Sulla lade upp stöldgodset på katedern så att menig Plebs kunde se det.

- Ja, kapten. Jag vet vad hon och de andra hade på sig. Och det är något jag aldrig kommer att glömma. Att plocka de döda på deras tillhörigheter blev min uppgift. Som om det inte räckte med att vi tog deras liv. En skamlig handling på oskyldiga. De var inte soldater, inte fienden. Menig Plebs hand darrade när han plockade upp två föremål som låg på bordet och som han sade tillhörde kvinnan. Kvinnan med det korpsvarta håret.

Kapten Sulla tog de två tingen som menig Plebs hade plockat upp och betraktade dessa en kort stund, och avslutade sedan förhöret.

Kapten Sulla såg på grabben när denne fördes ut ur rummet på darriga ben. Arton år och klen som en vandrande pinne. Varför var han här? Varför red han med dem? Vad hade fått honom till det? Var grabben så naiv att han trodde att allt skulle ordna sig?

Kapten Sulla hade sett och hört ånger hos grabben och han kände på sig att denne inte var av ond natur. Bara en ung grabb som hade tagit ett dumt och dåligt beslut. Och dessutom hamnat med fel människor.

Ja, dåligt hade grabbens omdöme varit och hans situation var, ja rent av usel.

Men grabben hade ett hjärta. Han hade, om hans historia stämde, faktiskt räddat livet på en kvinna. En kvinna okänd för honom, en främling med långt korpsvart hår. Människor med hjärta bör också få en andra chans, tänkte kapten Sulla och gick för att äta frukost.

# KAPITEL 14

**Gasparo och hans män** hade ätit frukost för länge sedan och  var nu på väg med vapen och ammunition till baslägret uppe i bergen. Gasparo tyckte inte om att  färdas i dagsljus. Men som läget nu var så fanns det inte så många andra alternativ att välja på. Att stanna kvar i Uxmal-Cuzco under en brännande sol var inget alternativ.

Att proviantera i Pagus, med alla soldater som var i rörelse hade han slått ur hågen. De skulle istället försöka proviantera i byn Aurum. Det positiva med det var att Gasparo genom denna nya rutt kanske skulle få ett tillfälle att träffa sin flickvän.

Under tiden som Gasparos män var på marsch höll några av Chef Kodas män på att diskutera vad de skulle göra med barnet de hade hittat som låg och skrek i en korg.

Chef Kodas män hade kommit fram. Men för sent. Av Millegården var det bara aska. De hade inte stannat kvar länge efter att ha konstaterat att personerna som de skulle hämta upp inte längre fanns där. Ingen stannar längre än nödvändigt  på en brottsplats. Att det var en brottsplats var det ingen tvekan om. De hade sett tillräckligt.

Det var först när de kom till den uttorkade bäcken som de hade fått syn på hästen. Hon stod och betade vid ett olivträd. Det fanns inga andra där. Bara hästen, vagnen och så barnet som låg och sov i en korg.

Häst och vagn var inga problem, de gick att sälja. Men barnet. Vad gör man med ett litet barn?

## BEATRICE OCH EMILIO

Beatrice Gaihede gick till sjukhuset vid lunchtid. Emilios Jeep hade hon parkerat i en smal gränd några kvarter bort. Beatrice ville inte använda och absolut inte parkera den bland alla soldater som patrullerade runt sjukhuset. Hon visste att de skulle hålla ögonen öppna efter en Jeep som kunde tänkas tillhöra överste Zatanas son.

Det hade blivit en lång promenad längs Martyrernas gata där hon sneddat genom Kungsparken fram till Sankta Maria sjukhus. Beatrice hade sett soldater stå i vartenda gathörn. Men ingen av dem hade lagt märke till henne, eller ens reagerat på hennes kvinnliga existens. Annars brukade inte soldater dra sig för att vissla efter kvinnfolk. Inte för att hon brydde sig särskilt mycket, men en vissling är ändå en vissling till en kvinna och hennes självkänsla.

Beatrice klev in i sjukhusets entré. Hon såg sig omkring i den stora hallen, hittade trappan som skulle ta henne, inte till himlen, men nära nog, till Emilio. Hon tog korgen med frukt under armen och gick  den breda stentrappan upp till tredje våningen.

- Hej! sade hon och satte sig på sängkanten. Jag har en glad över...

Längre kom hon inte för Emilio avbröt henne.

- Har du hört? sade Emilio.

- Hört vadå? undrade Beatrice.

- Nyheterna. De sade på radion att Millegården har brunnit ner. Att det var rebeller som hade gjort det. De sade något om att de hade hittat kroppar som var så svårt brända att  det kanske inte skulle gå att identifiera dem, sade Emilio med en mycket nervös stämma.

- Tror du, tror du att "de" var där, då...?

- Hyssj! Jag tror ingenting, viskade Emilio nervöst, för det fanns fler patienter i rummet och han ville absolut inte dra till sig någon uppmärksamhet. Man ska inte väcka de patienter som sover. Speciellt inte de med stora öron.

- Hur får vi veta om de lever och har blivit upphämtade, viskade Beatrice. Och hur får vi veta om de har kommit vidare, utomlands?

- Vi kanske kan... jag kanske kan få iväg ett meddelande till Chef Koda och höra om han vet något.

- Hur då menar du? Och vem skulle leverera...

116

- Jag vet inte riktigt. Jag måste få tänka, sade Emilio och blundade.

- Jag kan åka ut dit och kolla, sade Beatrice.

- Du åker vart då?

- Ja, ut till Chef Kodas läger. De kanske är där, Carmina och Sebastian. De kanske... lever... Chef Koda borde veta, sade Beatrice och en tår rann ner på hennes kind.

- Ja, kanske det. Men vet du hur farligt det är utanför huvudstaden. Det är oroligt där ute på landsbygden. Nervösa män med vapen finns lite överallt, rebeller, banditer och tjuvar. Och så har vi militärerna och gendarmerna som inte heller är att leka med. Tänk om du blir stoppad och de frågar varför du kör runt i min Jeep, för det är väl min Jeep du tänker använda? Emilio såg Beatrice i ögonen och hon vek inte undan blicken.

- Jag vet att du tänker åka iväg vad jag än säger, jag känner dig. Men jag vill att du tänker igenom situationen och inte rusar huvudstupa in i något som du inte kan ta dig ur. Jag vill inte att det ska hända dig någonting.

Efter de orden från Emilio rådde det en stunds tystnad. Emilios gipsade ben kliade och han försökte klia tillbaka med hjälp av en linjal. Beatrice log och studerade Emilio där han låg och petade med linjalen. Hon såg att han hade magrat en del, inte för att han var särskilt kraftig eller tjock förut, men det syntes i hans ansikte. Hans brunbrända ansikte med den breda näsan och de svarta kraftiga ögonbrynen. Hon tyckte om ögonbrynen, och hans kolsvarta kort-klippta krulliga hår. Hon lutade sig fram och kysste honom ömt på pannan.

Hon frågade honom om han fortfarande hade ont i ryggen, och han svarade att läkarna trodde att han skulle bli helt återställd. Inga nervtrådar var av och inga ryggkotor var i sådan skada att de utgjorde någon fara för att han skulle bli lam. Dock skulle han kanske bli lite stel i ryggen. Beatrice var glad åt de goda nyheterna.

- Hur länge... när blir du utskriven? undrade hon.

- Läkarna tror att jag kan bli utskriven om cirka fem till sju veckor, svarade Emilio och satte sig upp i sängen.

Beatrice rättade till kudden bakom hans rygg så att han skulle sitta bekvämare.

- Det finns papper och penna i lådan, vill du...

Beatrice tog fram papper och penna och gav dem till Emilio som strax började plita ner några ra-der på det vita arket.

- Här, ge det här till Chef Koda när du kommer fram. Han vet vad som ska göras. Beatrice tog pappe-ret och vek  ihop det två gånger och stoppade det i behån. Emilio log och höll tillbaka ett skratt.

- Du hade visst också något att berätta. Jag tyckte mig höra något om en överraskning när jag så plumpt avbröt dig. Så vad är det för glad överraskning du har till din älsklingspatient, frågade Emilio och tittade lurigt på Beatrice.

- Jo, det ska jag berätta för dig när jag kommer tillbaka. Den som väntar på något gott väntar aldrig för länge. Och vad annat kan du göra? Jag tror inte att du går någonstans, sade hon och tittade på hans gipsade ben. Men jag måste gå nu så jag kommer iväg innan det blir för sent. Ju fortare vi får visshet, desto bättre.

Beatrice reste sig från sängkanten, kysste Emilio lätt på läpparna, rättade till klänningen och med en slängkyss gick hon mot utgången.

Efter det att Beatrice hade lämnat honom med en slängkyss hade han börjat skratta hejdlöst, ja som en galning. Höll han på att bli galen? Allt var ju galet. Allt hade gått galet. Hela hans plan hade varit galen från början till slut. Inte skulle Gud låta honom fly över bergen med den kvinna han åtrådde. Nej, det hade Han verkligen satt stopp för. Istället hade Gud placerat honom här med brutet ben och gjort honom beroende av en kvinna som älskade honom, men som han själv inte kunde älska tillbaka.

# KAPITEL 15

**Aragon och fiskare Gaihede** hade också hört nyheterna på radion.

Aragon och Gaihede stirrade på radion som nu hade gått över till att spela klassisk musik. Aragon stängde av den.

De tittade på varandra. Båda visste att Beatrice tänkte köra ut till Millegården efter det att hon hade besökt Emilio på sjukhuset. Men visste hon om att Millegården hade brunnit ner och att stället kanske kryllade av militärer? Var Carmina död? Visste Beatrice om... hade hon hört... skulle hon bli stoppad av gendarmerna på sin väg till Millegården? Och hur skulle hon reagera när hon kom fram, om hon kom fram. Skulle hon bege sig till Chef Kodas läger? De visste inte. De hade inga svar. De satte sig ner vid köksbordet med sina frågor och funderingar.

- Det är inte mycket vi kan göra än att vänta och se, sade Aragon efter en stunds grubbleri. Vänta och se.

Men Aragon själv skulle inte vänta och se, men det sade han inte till Gaihede. Han visste att om Beatrice blev tagen och förhörd av militärpolisen, så skulle han ligga djävligt risigt till. Hon vet vem han är. Han kan inte vänta och se, han måste agera, och det nu.

Det var nästan midnatt och Aragon höll på att lasta fiskkärran. Pamfletterna var tryckta och låg gömda i dubbelbottnade fisklådor. Kontakten var gjord, dörren till rådhustornet skulle stå olåst i natt. Om Beatrice öde visste han intet. Bara att Gaihede skulle besöka Emilio nästa dag på sjukhuset för att höra sig för.

Han sköt kärran framför sig, vad annat kunde han göra. Om sitt eget öde visste han heller intet.

"Och när gryningstimmen slår, ska stadens gator och torg vara fulla av bevingade ord från bevingade vänner."

### En fiskmås berättar en godnattsaga

*- Det var tidig morgon, otta. Jag och några av mina vänner var på väg till hamnkvarteren, när vi plötsligt kände lukten.*

*- Vadå för lukt?*

*- Lukten av fisk.*

*- Och?*

*- Och lukten kom från rådhustornet. Så vi satte kursen ditåt och fick se en märklig syn.*

*- Ja, vadå, berätta vidare.*

*- Runt flaggstången uppe på tornet glittrade det av silver. Det var fisk. Men det var inte bara att plocka åt sig.*

*- Inte?*

*- Nej! Vi fick faktiskt jobba för födan. För vid vart fiskhuvud satt det fastsurrat en liten bunt papper.*

*- Papper?*

*- Ja, papper. Men vi hade inte tid att stå och tänka på sådana bagateller. För snart visste vi, skulle det komma andra måsar som också ville ha en del av vår lilla silvergruva. Så det var inget att tänka på utan bara grabba tag i första bästa huvud med tillbehör och lätta mot skyn.*

*- Oj! Var det inte svårt att flyga med allt papper?*

*- Bara i början. Sen gjorde vår vän vinden resten.*

*- Vinden? Vad gjorde vinden?*

*- Vinden lösgjorde dem. Jag fick fisken och vinden fick en massa papper att leka med.*

*- Oj! Vad hände sedan?*

*- Det är en lång och tråkig historia. Den ska jag berätta för dig när du har blivit lite större. Sov nu och dröm sött om fiskar som glittrar som silver i solljusets sken. God natt mitt barn !*

## ... och de föllo som manna från himlen!

Fader Ambrosius gick denna tidiga morgon mumlande ut ur sitt hus. Det var på dagens predikan han gick och funderade. När han kom fram till kyrkan fick han syn på en flock måsar som svävade över torget. En strof ur fjärde moseboken, elfte kapitlet, trettioförsta versen uppenbarade sig i hans huvud.

"Och en stormvind for ut ifrån Herren och den förde med sig vaktlar från havet och drev dem över lägret..."

Fiskmåsar. Det var fiskmåsar han såg, inte vaktlar. Och det var absolut inte manna som regnade ner från himlen. För det som dalade ner smakade inte som semla med honung, utan mer som fisk. Han tog upp vad som såg ut att vara en skänk från ovan och såg att han höll i en pamflett. Han gick in i kyrkan och visste att  det skulle bli en något annorlunda predikan i dag.

### GENDARMHÖGKVARTERET
Kommendant Gimmlers rum

Kommendant Gimmler hade inte tid med hysteriska fruntimmer. Han hade annat att göra, som till exempel förhöra sju nyss inkomna desertörer. Han begrep inte varför kapten Sulla hade gjort sig besvär med att skicka dem hit, till honom, när han kunde ha nackat dem själv, på plats. Kommendant Gimmler svor för sig själv. Man är fan omgiven av idioter. Allt får man göra själv, tänkte han och gick ner i källaren där fångarna fanns. Han kände för att slå någon riktigt hårt på käften, så fruntimret fick vänta. Inte för att han hade något emot att slå en kvinna på käften. Nej! det hade med hakor att göra, och om de var gjorda av glas eller ej.

Beatrice Gaihede satt och stirrade nervöst på den lille magre mannen som satt och knattrade på en skrivmaskin. Hon såg ryckningar i mannens ansikte. Nerverna, tänkte hon. Han bar små runda glasögon som såg ut att balansera längst ut på nästippen. Som en ballerina på slak lina, tänkte hon och log nervöst. Det var för att hålla borta rädslan och skräcken som hade börjat krypa in under skinnet på henne som hon log. Varför hade hon inte lyssnat på Emilio. Varför hade hon varit så envis. Så naiv. Varför var hon här?

## ETT TREDJE FÖRHÖR

### ( Ett återseende )

Celldörren öppnades med ett gnisslande ljud.

Det var den unga gendarmlöjtnanten och hans två gorillor som kom för att hämta Alfredo Como. De stod och röt åt honom att han skulle klä på sig.

Det var tidigt på morgonen och solen hade knappt gått upp. Alfredo Como klättrade ner från ovanslafen och klädde på sig. Kläderna var skitiga och sandalerna nötta. Ångest och rå kyla for genom kroppen.

Var det nu det skulle ske? Skulle de föra honom till tortyrrummet? Eller ännu värre! Avrättning!

Han blev inte lugnare av att de sade att de skulle ut på en åktur.

De lämnade fängelseområdet i en liknande svart bil som han en gång hade kommit hit i. De körde under tystnad. De hade varken satt på honom ögonbindel eller handfängsel. Han visste inte vad det betydde, men det skulle väl visa sig, tänkte han och såg att de körde in mot centrum av La Stada.

Vid en sidogata till Parlamentet stannade bilen. Han visste var han befann sig nu. Han hade varit här förut. Gendarmhögkvarteret. Var det här det skulle ske? Tortyren, hans försvinnande. Han visste att många människors öden hade avgjorts inom dessa portar. Om sitt eget visste han intet.

- Vänta här! sade vakten till Alfredo Como och gick sin väg.

Han satt åter igen i kommendantens rum och på samma stol. Det var bara han i rummet och det var bara surrandet från fläkten som gjorde att rummet inte helt kändes som en likkista.

Dörren öppnades och han såg att det var den magre, nervöse mannen med glasögon som kom in i rummet. Han såg mycket blek och trött ut där han stod framför sin skrivmaskin med läderportföljen hårt tryckt mot bröstet. Den magre slängde en snabb blick bort mot Alfredo Como och satte sig sedan bakom skrivmaskinen.

- God morgon! sade Alfredo Como till den magre mannen.

- God morgon, herr Como! svarade den magre tillbaka och satte i ett papper i skrivmaskinen.

- Ni vet vad jag heter? Vem jag är?

- Ja.

- Och vem är ni? undrade Alfredo Como.

- Jag heter LeClerc, Alfonse LeClerc, svarade LeClerc nervöst och såg sig om i rummet som om han letade efter dolda mikrofoner. Sedan sade han något som nästan fick Alfredo Como att tappa hakan.

- Jag har en hälsning från fader Ambrosius...

Överste Zatana klev in i rummet. Han blängde ilsket på LeClerc, som genast reste på sig och gjorde ett misslyckat försök till honnör.

- Jag kallar på er när jag behöver er!

LeClerc tog sin läderportfölj och gick ut.

Översten slängde irriterat upp sin portfölj på skrivbordet och började leta igenom den. När han fann det han letat efter vände han sig om och såg herr Como i ögonen.

- Se! Se sån dynga din bror sprider omkring sig. Översten slängde en massa papper framför och på Alfredo Como så att han nästan trillade av stolen.

Alfredo Como plockade upp ett av papperen som låg vid hans sandalklädda fötter. Det var en pamflett och texten var skriven med rött bläck. Han läste snabbt igenom den och andra som han plockade upp och såg att de alla var undertecknade med "Röda Pamfletternas Brigad".

Han visste inte vad han skulle tro, lika lite säga, så han satt tyst och tittade på översten som gick nervöst fram och tillbaka i rummet med händerna på ryggen.

Det har börjat nu, tänkte Alfredo Como. Det har börjat. Kylan och rädslan kom krypande, och han kände att han allt mer närmade sig... Ja vad? Slutet?

- Du måste säga till din bror att sluta med de här dumheterna! Det leder bara till mer kaos, splittring och lidande för befolkningen. Det vill du väl inte ha på ditt samvete, Alfredo? Lyssna nu på mig. Vi tillsammans kan få ett slut på de här dumheterna. Det är väl bättre att i lugn och ro bygga upp landet än att rasera det med ett inbördeskrig. Vad säger du? Vi ordnar en presskonferens  där du vädjar till folket och till din bror att  lyssna till förnuft och sluta upp med dessa provokationer. Vad säger du Alfredo?

Alfredo satt stum.

- Jag lovar att du redan idag kan gå tillbaka till din familj. Om du bara ställer upp på en enkel presskonferens. Ja, så här i början får det  bli husarrest, men  bara tills allt har lugnat ner sig. Nå, vad säger du? Översten torkade bort svettpärlor från pannan och satte sig bakom skrivbordet och väntade på ett svar.

- Och demokratin då?

Översten for upp så snabbt att stolen han hade suttit på brakade in i väggen bakom honom.

- Skit i demokratin! Vi står på randen till inbördeskrig! Och du måste välja sida! Ordning och reda eller blodbad!

- Du vet att jag inte kan stötta en diktatur. Nyval måste utlovas. Folket kräver  frihet. Yttrandefrihet och fri press.

- Folket får frihet när vi har fått kontroll och lugn och ro i landet! Då ska vi bygga upp landet igen med lag och ordning och hårt arbete. Och med hjälp av våra mineral- och guldgruvor. Du ska få se, herr Como... du ska få se. Översten plockade åter fram sin näsduk som vid detta laget var genomblöt. Han torkade sig om pannan, justerade fläkten, och fortsatte sedan att propagera för sin sak.

- Och sluta upp med att tjata om demokrati! Folkets vilja! Folkstyre! Bah! Det kan bara finnas en kapten på skutan! Alla kan inte springa omkring och leka kapten. Om alla ska styra, än hit och än dit, på ett stormigt hav, ja då får vi aldrig skutan i hamn! Nä, vad ska det vara bra för!

Överste Zatana lämnade skrivbordet och började gå fram och tillbaka i rummet.

- Politiker vill att folkmassan ska lyssna på dem. Är det demokrati? Ska det inte vara tvärtom? Nä, demokrati och "fria val" är bara fina ord som politiker har hittat på så att de själva kan ta makten!

- Politiker och deras retorik. Din far med flera, lärde ut ordets makt till politikerna, som i sin tur använde dem för att dupera och hjärntvätta folket, den stora massan. Och de IQ-befriade idioterna röstade sedan på dem. Idioti! Lämna makten till plebs och patrask! Hutlöst dumt och korkat, om jag får säga min mening. Och se vad det blev av det! En korrupt president! Så, herr Como, hur blir det nu med den där presskonferensen?

# SEDAN HÄNDE DETTA

Alfredo Como skrev varken någon spalt eller deltog i någon presskonferens. Han blev istället förd till sin cell och skulle sitta där i många år. Ensam, för hans cellkamrat Marcel Velon såg han aldrig mera till. En dag efter ett av många förhör kom Marcel Velon inte tillbaka till cell 27. Alfredo Como hade frågat efter honom, men inte fått några svar. Ingen ville kännas vid namnet, Marcel Velon.

Hälsningen som herr Como hade fått av LeClerc från fader Ambrosius var nedslående. Hans fru och son hade visserligen lämnat huvudstaden med hjälp av en viss Pedro Mille, vars gård hade brunnit ner. Mer hade han inte fått reda på, och där upphörde alla spår efter dem. LeClerc hade lovat höra av sig om han fick reda på något mera. Men det var svårt för LeClerc att få fram information till herr Como, speciellt efter händelsen med pamfletterna.

# KAPITEL 16

Polischef Cinna möter kapten Sulla... Igen.

**Borgmästare Molok** var inte glad denna efter-middag. Och det gick ut över polischef Marius Cinna som vred sig oroligt över fåtöljens skinnklädda sits. Kanske var det av nervositet, kanske var det för att den skinnklädda sitsen klibbade mot hans breda, feta röv. Kanske var det både ock.

- Vad i helvete gör vi nu! svor borgmästare Molok så att saliven sprutade ur hans mun.

- Göra vad då? undrade polischef Cinna och vred ännu mer på sin feta röv. Han var klädd i uniform och det var det alldeles för varmt för. Han svettades. Det var på borgmästare Moloks önskan, eller rättare sagt på hans order som han bar den. "Det är för att framhäva  auktoritet och makt.  Och för att jag vill visa den där djävla Sulla vem det är som bestämmer här omkring", hade borgmästare Molok sagt.

Själv kände polischef Cinna sig rätt så maktlös där han satt och vred på sig.

- Jag menar, hur gör vi med mina ... våra affärer? Och min fru? Vi kan inte leta efter henne i bergen nu när en massa soldater springer lösa  med skarpladdade vapen och skjuter vilt på allt som rör sig, eller hur?

- Nää, men... jag tror...

- Du ska inte tro! du ska leta! Du ska leta upp min fru som bär på mitt... mitt barn! Mitt guld! Mina pengar! Borgmästare Molok stod  upp och slog närvarna i bordet.

Det blev alldeles tyst i rummet.

Herr Molok satte sig dock ner igen och torkade svetten ur pannan.

- Jo ... hm, vi ... eller rättare sagt "de" har hittat en kvinna. Jag menar, kapten Sulla och hans män. De har hittat en kvinna som... som kanske kan vara din fru? Hon passar in på beskrivningen och hon har också yrat något om ett barn, har jag hört från en av konstaplarna, sade polischef Cinna som nu satt blick stilla i den trånga, obekväma fåtöljen.

- Yrar! Ligger min fru och babblar hemligheter? Och det till den där tennsoldaten Sulla! skrek borgmästare Molok, som nu var  alldeles röd i ansiktet.

Om tennsoldater visste kapten Sulla inte mycket. Han kom från en fattig familj och det var bara de privilegierade som haft råd med tennsoldater till sina barn.

Kapten Sulla hade åkt in till stadens sjukstuga. Han hade varit och besökt kvinnan och fått bekräftat av en doktor Disraeli att hon hade en kraftig

132

hjärnskakning, och att hon led av svår chock. Om chocktillstånd visste kapten Sulla betydligt mer om än om tennsoldater. Han hade sett många modiga män ute på slagfälten som efter ständig och kraftig granateld från fienden blivit till darrande asplöv. Många tappade förståndet.

Kapten Sulla och doktorn stod utanför kvinnans rum och diskuterade, men tystnade då de fick syn på självaste polischef Cinna i korridoren klädd som en julgran. Kapten Sulla log åt spektaklet. Det klirrade och gnistrade om polischefens medaljer, epåletter och ordensband, och allt det andra som hängde och dinglade på hans uniform.

- Är det inte lite tidigt för julpynt? sade kapten Sulla med ett ironiskt leende på läpparna.

I ögonen på polischefen lyste det mer av hat än någonting annat. Han hatade borgmästaren, och han hatade kapten Sulla som var orsaken till att han måste bära denna skamliga skrud.

- Jag tar över från och med nu! Kvinnan och väskan med värdesakerna är en polisiär sak! Och polisen, det är jag! Om förhör har hållits med kvinnan, lämnas alla dokument över till mig. Jag tar härmed över utredningen, röt en i nyllet röd polischef.

Vem tror han att han är? Kommendant Gimmler, eller? undrade kapten Sulla samtidigt som han skakade på huvudet.

- Nej! sade han. Han tänkte varken lämna ut kvinnan eller några värdesaker till den skurken. Eller några fångar för den delen. Inte till polischefen. Aldrig!

- Va, falls? Polischefen trodde inte sina öron. Det är på borgmästarens order!

- Undantagstillstånd råder i hela landet och det är militären som styr och ställer, i alla fall tills vidare, svarade kapten Sulla tillbaka med auktoritär röst. Kvinnan är dessutom vittne till grymheter utförda av före detta militärer, desertörer. Så detta är en militär angelägenhet och inte en uppgift för korrupta poliser! Efter att ha sagt de orden visade kapten Sulla att han menade allvar med att trycka sin högra hand mot pistolhölstret.

Och kvinnan ska absolut inte behöva möta fler idioter eller missgärningsmän än de hon redan mött, tänkte kapten Sulla och såg polischefen stint i ögonen.

- Korrupt! Jag? Polischef Cinna flyttade nervöst blicken från kapten Sullas pistolhölster till doktor Disraeli för att få stöd.

Men doktorn tittade bara på klockan och gick sedan sin väg.

- Men ... jag ... måste i alla fall få gå in och se hur det är med henne, sade polischefen med en röst som mer lät som en bedjan än en order.

- Varför då? Du är ingen läkare. Kapten Sulla såg kapitulationens vita färg tränga fram i polischefens ansikte.

- Nej, men borgmästaren vill veta om det är hans fru som ligger där inne.

- Så du säger att borgmästaren tror att hans fru ligger här? Varför då? undrade kapten Sulla med en nyväckt nyfikenhet.

- Ja ... jo ... Hon försvann för några dagar sedan, frun alltså, och av beskrivningen på kvinnan som ligger här ...

- Så borgmästarens fru är försvunnen?

- Hm, ja! svarade polischefen och kände sig som en skolgosse inne hos rektorn. Svetten rann ymnigt från hans panna, och nervöst plockade han fram en näsduk.

- Vad heter borgmästarens fru? frågade kapten Sulla och plockade själv upp en näsduk. Man var inne i början på juni och värmen var olidlig.

- Jasmina, Jasmina Molok, svarade polischefen och knäppte upp översta knappen i en skjorta som var genomblöt av svett.


Kapten Sulla lät till sist polischef Cinna ”se med egna ögon” att personen som låg och yrade inne i sjukrummet inte var borgmästare Moloks fru. Polischef Cinna hade sedan muttrande lämnat rummet, kapten Sulla och sjukstugan.

Efter att menig Plebs tagit fram hennes tillhörigheter; en guldring och ett guldkors med hennes förnamn ingraverat i dem, visste kapten Sulla att hon inte var Jasmina, borgmästarens fru. Allt han visste var att hon hette Carmina och att hon fött barn. Hon producerar fortfarande mjölk, hade doktor Disraeli sagt.

Att hon sedan hade blivit grovt skändad av militärer fick honom att må illa. Han hade skrivit en utförlig rapport om det inträffade och skickat iväg "packet" till gendarmhögkvarteret. Han log åt tanken att kommendanten skulle få några nya boxbollar att leka med. Och kvinnan. Kvinnan måste få vård. Och de resurserna fanns inte här. Han måste få henne till huvudstaden och till Sankta Maria sjukhus. Där har de en psykiatriavdelning. Där kan de kanske hjälpa henne. Kanske.

Han hade själv besökt män som drabbats av granatchock, och av dem var det bara spillror. Och flera skulle de bli. Han kände det på sig. Inbördeskriget. Det kom allt närmre. Det låg i luften och vibrerade.

Kapten Sulla fick rätt. Kriget kom. Och själva gnistan till krutdurken hade varit mordet på en präst.

Kapten Sulla blev själv skjuten en sen höstkväll när han var på väg tillbaka från ett möte med borgmästaren. Två skott i ryggen. Han överlevde tack vare doktor Disraelis yrkesskicklighet. Löjtnant Bravo hade efter händelsen placerat ut vakter vid sjukstugan. Två inne och två utanför.

Och en kväll, efter att ha rådfrågat dr Disraeli, gick löjtnant Bravo för att besöka kaptenen.

Löjtnant Bravo sade något till vakterna som stod utanför kaptenens sjukrum och öppnade sedan försiktigt dörren och gick in. En bordslampa lyste så att endast en fjärdedel av rummet fick ljus, resten låg i mörker och skugga. Löjtnanten rös till. Som att gå in i en gravkammare, tänkte han och gick fram till fotändan av sängen och gjorde honnör.

- Kapten! Ryktet går att det ska ha varit polischef Cinna som låg bakom mordförsöket på er.

- Jag tvivlar inte en sekund på att så är fallet, löjtnant, viskade kapten Sulla.

- Öh, och apropå fall, kapten, så har jag fått kännedom om att polischef Cinna troligtvis har råkat ut för en olyckshändelse. Det sägs att han föll ner i en ravin när han var ute och letade i bergen efter borgmästarens fru. Liket efter honom har inte hittats, kapten.

- Hur kan ni vara säkra på att det finns ett lik när ni inte har funnit något. Han kanske lever och ligger svårt skadad, sade kapten Sulla med ett marigt leende på läpparna.

- Nej, kapten. Tro mig. Ett sådant fall överlever man inte, svarade löjtnant Bravo och gav kapten Sulla en brett leende. Han gjorde sedan honnör och gick ut till ett krig han var tränad för. Krig; den tid då militärlivet  är som mest levande och där döden alltid står på lur bakom varje gathörn.

# KAPITEL 17

## MORDET PÅ FADER AMBROSIUS
### LeClercs dagboksanteckningar

**"I tre dagar har det regnat** pamfletter från himlen. Soldater och gendarmer är utplacerade runt om i huvudstaden. Människor är nervösa och vet inte riktigt vad som är i görningen. Vad kommer att hända? Ja hela staden håller andan. Man väntar. Lukten av fasa och blickar av skräck håller staden i ett apatiskt grepp. Nervösa soldater med osäkrade gevär. Osäkra människor beväpnade med fruktan för sina liv. Nervositeten och osäkerheten har tvinnat en torr stubintråd. En stubintråd som det inte ska mycket till för att den ska börja brinna. Den minsta lilla gnista... och... Poff!"

"Gnistan som tände krutet i patronen så att kulan flög iväg, måste ha tänts av en krypskytt."

Fader Abrosius hade just avslutat mässan. Och som alltid, och som sig bör, stod han utanför, på trappan och hälsade på folket som kom ut ur kyrkan. En man steg fram till fader Ambrosius och överlämnade ett papper. Det var då det hände. En knall och så låg fader Ambrosius där på trappan med en röd mässkjorta istället för en vit. Blodet sipprade fram ur bröstkorgen. Det var inget stort hål, men det behövs inga stora hål för att tömma en människa på liv. Papperet som fader Ambrosius tryckte mot sitt blodiga bröst var en pamflett. Jag tog den tillsammans med orden han viskade fram: *Cui bono?*

Jag kom att tänka på munken Sebedaios som hade levt på 1700-talet, vars öde också hade beseglats av en pamflett.

*Cui bono?* Jag tänkte inte så mycket på de orden just då. Då var det kaos. Folk skrek, och någon skrek att fader Ambrosius hade blivit skjuten för att han hade tryckt en pamflett mot sitt hjärta. En gest som skulle visa att han stod för motstånd. Folkmassan förvandlades snabbt från fromma kyrkobesökare till en rasande lynchmobb som krävde vedergällning. De hade blivit ett redskap som kunde utnyttjas. Inte alla, men många nog. Gnistan var tänd. Av vem och till vems fördel? *Cui bono.*

## KRIG
### (och Terra Mondial slickar sina sår)

Inbördeskrig bröt ut. Fem parter och fem olika ideologier gick ut i strid om makten. Diktatorn Dr Nazur och hans generaler fick stöd från väst med bl.a. vapenleveranser. Folkets Befrielse Armé (F.B.A.), under ledning av Gasparo Burana som ville införa republiken igen, fick lite stöd från norr. Röd front låg mer åt det kommunistiska hållet och fick stöd från öst. Monarkisterna som var få efter den stora massarresteringen fick knappast något stöd alls. I början av inbördeskriget stred F.B.A. och Röd front sida vid sida. Men efter ett tag så uppstod intressekonflikter mellan dem, och utbrytargrupper och fraktioner bildades. Anarkisterna gick sin egen väg och den allians som fortfarande fanns var skör och oorganiserad. Följden blev kaos och det var civilbefolkningen som fick betala.

I över två år pågick striderna innan världssamfundet kunde få till en vapenvila. Dr Nazur blev efter påtryckningar legitim representant för Terra Mondial. Man ville helt enkel få slut på ett smutsigt och blodigt krig som bara skulle ha inneburit mer lidande för befolkningen om det fick fortsätta. Utgången, sade man, var ju ändå given.

Sporadiska strider blossade dock upp då och då mellan regeringssoldater och olika rebellfraktioner.

Rykten cirkulerade, bl.a. att Gasparo Burana hade gått i landsflykt, andra hävdade att han hade dött i en eldstrid med regeringssoldater.

Landet byggdes sakta upp igen, men det gick trögt. Fattigdom och korruption rådde och svartabörshajarna var de stora vinnarna. De som inte blev avslöjade och avrättade vill säga. Gruvdriften som hade legat nere under kriget höll på att moderniseras och byggas ut med hjälp av utländska investerare. Samma investerare som hade hjälpt Dr Nazur till makten.

Någon direkt frihet hade invånarna inte, men det fungerade. Det var som att leva med bara en lunga, det gick, man fick luft. Och hjälp utifrån var bara att glömma, för år 1939 hade resten av världen blivit smittad av denna hemska sjukdom. Detta dödliga virus som gick under betäckningen KRIG. En diagnos som inte kunde visa annat än att världen hade blivit galen, krigsgalen. En hel värld gick ut i krig. Alla utom Terra Mondial som låg och slickade sina sår.

# KAPITEL 18

## TERRA MONDIAL , La Stada 1944

**Sommaren 1944** satt fortfarande poeten Alfredo Como i cell 27, ensam med bara sin penna och sina skrivhäften, som nu hade blivit legio. Den ena dagen hade varit den andra lik.

Men en dag skulle inte bli lik någon annan dag. Tvärtom! Allt började med att herr Como hörde röster ute i korridoren.

Rasslet av nycklar och starka röster utanför cellen fick Alfredo Como att nervöst hoppa till.

Celldörren gav ifrån sig ett gnisslade oljud. Först trodde han inte sina ögon. Men efter att ha granskat personen som stod i dörröppningen en stund, såg han att det var självaste överste Devo Zatana, klädd i svarta civila kläder och svart hatt.

- Byt om! sade översten med skarp röst. En vakt kom in cellen och lade ett klädbyte på britsen. Vi ska till kyrkogården.

Närvarande:

Dr Nazur (DrN), Överste Zatana (ÖvZ)
Kommendant Gimmler (KmG)

DrN:   - Jag får beklaga sorgen.

ÖvZ:  - Tack.

DrN:   - Jag hörde att du hade tänkt ta med dig
          poeten Como till begravningen. Och att
du efteråt tänker släppa honom fri. Är det så klokt?

ÖvZ: - Han är en bruten man. Han är bara spill-
ror av sitt fornstora jag. Han utgör inte längre något
hot. Varken mot oss eller våra intressen.

DrN: - Och det är du säker på. Vad tror kom-
mendanten. Är han fortfarande ett hot eller inte?

KmG: - Vi såg alla vad hans bror ställde till med.
Och varför skulle han vara så mycket bättre. Om han
nu är en bruten och bitter man, som du säger. Vad
säger då emot att han inte vill hämnas sin bror, sin
hispiga fru, sin fängelsetid? Nä, en död intellektuell
är en bra intellektuell.

ÖvZ: - Han är redan nere för räkning. Nu är han
ofarlig. Men om vi gör honom till martyr. Tja, somliga
blir mer levande som död, och ett ännu större hot.

DrN:  - Jag tror att överste Zatana har rätt. Och vi har ingen brådska. Skulle det visa sig att vår poet börjar vässa klor och pennor igen så vet vi vad vi ska göra. Eller hur, kommendant Gimmler?

KmG:- Absolut! Herr president! Absolut.


DrN:  Och nu till någonting helt annat. Vi... Jag, har fått ett brev från Genève, Röda Korset, de undrar hur långt vi har kommit i vår utredning om massakern i byn Aurum. De hoppas och tror att jag som högsta representant för landet givetvis också vill ha klarhet i vad som har hänt med  invånarna i byn. De förväntar sig ett svar. Varför Genève bryr sig om en liten by när hela världen står i lågor övergår mitt förstånd.

KmG: - Inte har vi någon utredning om det som skedde i byn Aurum. Jag menar, alla vet ju att det var mil...

ÖvZ: - Vi hade ingenting med det att göra! Vi är militärer! Inte mördare!

KmG: - Jag trodde det var samma sak. Men det var inte dina militärer som jag tänkte på. Jag var på väg att säga milismän. De som jobbar för gruvbolaget. Det går rykte om det. Och så ska det visst finnas vittnen till händelsen. Men det är inte någonting som vi har prioriterat, herr president. Av taktiska skäl har vi legat lågt och låtit rebellerna få ta skulden för det som hände.

DrN: - Ja, det låter som en bra idé. Det kan jag kanske skriva något om till Genève.

KmG:- Ja, herr President.

DrN: - Och kolla upp det där med vittnena. Inte bra om gruvbolaget blir inblandat i det här.

KmG:- Ja, herr President.


Överste Zatana gick med stora kliv ner för presidentpalatsets vita trappor. Chauffören höll upp dörren för honom och han klev in och satte sig i baksätet med en dyster min. Han tyckte inte om det han hade hört på mötet. Han var trött och tankarna dansade runt i huvudet på honom.

Skulle vi sopa en massaker på våra egna under mattan?

Milismän och gruvbolag, var de inblandade? Inte kunde väl presidenten låta dem komma undan om de var skyldiga till något så hemskt som mord på en hel by?

Många av invånarna hade tillhört ursprungsbefolkningen, som hans fru. Han kunde inte tro det. Han ville inte tro. Hade han satsat på fel häst? Nej! det kunde inte vara så. Han trodde fortfarande på idén om en stark kapten som lotsade dem fram i farliga vatten. Bort från korruption och laglöshet. En som trodde på arbete, disciplin, svett och tårar. "Vi håller på och bygger ett land. Ett starkt och själv-

146

ständigt land", hade presidenten sagt. Inte skulle han låta sig styras av utländska intressen, och absolut inte av ett gruvbolag. Visserligen var Aurum West ett dotterbolag och ägdes av ett konsortium från väst, deras allierade. Men inte skulle väl de ... till mord. Eller?

Och allt prat om att eventuellt likvidera La Stadas stora poet, herr Como, hade också fått honom att fundera. Varför? Nu? Inte för att han hade något speciellt till övers för poeten Como. Men han såg inget förnuftigt i det. Det skulle bara ställa till problem. Inrikes som utrikes.

Och det här med vittnen. Fanns det vittnen till massakern? Och vad hade presidenten menat med "att kolla upp de där vittnena"?

Vittnen, hm? Han skulle själv gärna vilja höra vad de hade att säga om saken.

Chauffören svängde in på sjunde kavalleriets kaserngård. Överste Zatana klev ur bilen och gick med bestämda steg mot officersmässen. Han skulle först skriva ett brev och sedan skulle han söka upp ... Ja, han visste precis vem. En som alltid hade varit honom trogen. Semper Fidelis. Efter det hade han en begravning att ta hand om.

# KYRKOGÅRDEN

Den gamla kyrkogården Sankta Anna hade en gång i tiden varit La Stadas mest välskötta och utsmyckade kyrkogård. Förr hade den varit en turistmagnet med alla sina vackra skulpturer och stora mausoleum. Nu hade den förfallit och blivit vildhundarnas jaktmarker. Det var hit överste Zatana hade fört Alfredo Como.

Alfredo Como stod och tittade på den lilla skaran av folk som hade samlats runt hålet i marken. Alla var svartklädda och av kroppshållningen att döma var många av dem militärer. Men han såg ingen Emilio. Varför var han inte på sin farmors begravning?

Soldater fanns utposterade runt kyrkogården men inte inne i den. Devo Zatana visste att hans mor hade avskytt vapen och hon skulle få slippa dem även idag. Kistan med hennes lekamen sänktes sakta ner i graven medan biskop Roche bad: *Ave Maria grátia plena...*

En man kom dragande på en skottkärra längs den grusade gången. Och när mannen var framme vid Corazon Zatanas grav kunde Alfredo Como se vad det var som låg i skottkärran. Det var alla de häften som han hade fyllt med historier om sitt liv i cell 27. Mannen tittade på översten som i sin tur nickade jakande tillbaka. Mannen tippade  skottkärrans innehåll rätt ner i graven. Kistan hade nu ett täcke av skrivhäften.

- Jag lovade min mor på hennes dödsbädd att jag skulle göra allt vad som stod i min makt att få dig lössläppt, fri från fångenskapen. Jag har nu uppfyllt mitt löfte till henne. Du är fri, men detta är priset som du måste betala, sade överste Zatana och tittade ner på den täckta kistan. Hon tyckte mycket om dina dikter, fortsatte översten. Och nu har hon att läsa.

När begravningsakten var över stod Alfredo Como fortfarande kvar vid graven. Han kände sig svimfärdig, yr, och visste inte om benen skulle bära honom eller om han skulle trilla ner i graven. Allt kändes så overkligt. Han var fri, det hade översten sagt. Men till vad? Här stod han nu vid en grav som kunde varit hans egen. Han var vid liv men kände sig mer som en levande död.

Överste Devo Zatana och hans generaler lämnade kyrkogården och Alfredo Como blev ensam med ett par sörjande väninnor till Mor Corazon. Han kände dem inte och hade inget att säga dem. På darriga ben vände han sig om och började gå mot utgången. Blicken hade han riktad mot marken, så han såg inte den lilla, nervöse mannen med de runda glasögonen som hängde på nästippen när denne närmade sig.

-Herr Como! Jag har något att berätta för er.


- Vad är det du säger! Lever min fru ... och hon är på dårhuset?

- Nja, det är mer av en psykiatriavdelning, herr Como. Er fru befinner sig enligt uppgifter som har kommit till min kännedom... på sjukhusets psykiatri-avdelning. Jag beklagar, men så är det. Hon är vid liv men hon är inte riktigt sig själv. De sägs att hon ofta går och pratar för sig själv, något om en fruktkorg. Läkarna säger att hon lever i ett chocktillstånd efter vad som hände vid överfallet, då Millegården brändes ner av män som hade deserterat från armén. Om vi sätter oss ner så ska jag berätta vad jag vet, sade Alfonse LeClerc och pekade på en bänk som låg i skuggan av en stor ek.


... Så den här kapten Sulla, han skickade henne hit till huvudstaden så att hon kunde få vård. Och barnet? Vår son. Lever han, eller dödade de här männen honom också, frågade Alfredo Como med bitterhet i ögonen.

- Man vet inte. Det var oroliga tider. Och det gjordes inte precis någon utredning av händelsen.

( En stunds tystnad)

- Men en av desertörerna tror jag fortfarande är i livet, om inte straffarbetet i gruvorna har tagit död på honom vill säga. Kapten Sulla hade visst lagt ett gott ord för honom. Annars hade nog kommendanten arkebuserat honom med de andra. Jag har glömt hans namn men jag kan ta reda på det om du vill?

- Ja, det kan ju inte skada att fråga ut honom, om det är möjligt. Han om någon borde veta vad som hände där ute på gården. Han kanske är den ... sista ... som ...

Alfredo dolde ansiktet i händerna. LeClerc trodde att Alfredo skulle börja gråta, men det kom inga tårar. De hade tagit slut i cell 27.

- Och så måste jag beklaga din brors död, sade LeClerc och tittade ner i gruset.

- Min bror? Är han död? Är min bror Aragon död?

- Ja, han blev skjuten nere vid hamnen. Det var i början av kriget. Två soldater hade sett några pamfletter falla ur fiskkärran som Aragon gått och dragit på.

- Fiskkärra?

- Då hade de beordrat Aragon att stanna. Men han hade sprungit så de skött honom, i ryggen, han föll i hamnbassängen. Och dog han inte av skottskadorna så måste han ha drunknat. En av soldaterna hade känt igen Aragon som en av fiskare Gaihedes medhjälpare. Soldaten hade visst fått fisk av honom. Det var vad soldaten skrev i sin rapport som jag råkade läsa. De hittade aldrig kroppen efter din bror.

Troligtvis drev han ut till havs ... hajarna gjorde nog sitt.

- Vad hände med fiskare Gaihede?

- Han hade redan stuckit utomlands med dottern bara några få dagar efter det att han och Emilio hade hämtat ut henne från gendarmhögkvarteret.

- Va! Beatrice i händerna på gendarmerna. Vad hände? frågade Alfredo Como och såg LeClerc i ögonen.

- Beatrice, hon ... Dagen efter branden var det tänkt att hon skulle köra ut till Chef Kodas läger för att se  om hon kunde hitta din fru och ditt barn. Hon kom inte så långt. Gendarmerna och kommendant Gimmler fick tag i henne. Hon hade kört Emilios Jeep när hon greps. De trodde att hon hade stulit den. Och kommendanten hade också hittat ett komprometterande brev i hennes ägo. Kommendant Gimmler trodde att Beatrice satt inne med information om vapensmugglaren Chef Koda, och kanske också att hon visste något om var rebellerna kunde befinna sig. Så han tog henne under behandling. Vad han inte visste var att hon var gravid. Hon miste barnet. Fiskare Gaihede som var orolig över sin dotter hade under tiden tagit kontakt med Emilio som låg på sjukhuset med ett brutet ben för att höra om han visste var Beatrice fanns. De två hade efter några telefonsamtal tagit sig till gendarmhögkvarteret. Det hade troligtvis räddat Beatrice liv. Men till vilket liv.

Efter misshandeln och förlusten av barnet så blev hon inte riktigt sig själv igen. Läkarna fick nämligen operera bort livmodern på henne. Och...

- Jag såg inte Emilio på begravningen. Varför kom han inte till sin farmors begravning, frågade Alfredo Como.

- Han kommer kanske senare när han kan få vara ifred och sörja. För sin far vill han inte träffa. Kanske är han och hälsar på din fru. Han brukar göra det ibland, hälsa på din fru. Ska vi gå dit ... tillsammans?

## SANKTA MARIA SJUKHUS

-Vadå, har de inte kommit tillbaka? De kan väl inte bara försvinna! Ni vet väl var de befinner sig?

- Jo, ja, hm... Jag vet bara att de åkte iväg i morse och att de inte har kommit tillbaka ... än, svarade avdelningsföreståndaren och tittade nervöst på de båda magra seniga männen som satt i varsin besöksstol.

- Och du är säker på att det var Emilio som hämtade henne, frågade LeClerc.

- Ja, visst. De har varit ute och åkt förut och det har inte varit några problem alls. Om ni vill så kanske vi kan gå till hennes rum och så kan ni vänta på dem där. Ni ska se att de dyker upp när som helst, sade avdelningsföreståndaren och log nervöst.

Alfredo Como  och LeClerc tittade på varandra. LeClerc lutade sig mot Alfredo och viskade:

- Kanske har de fått reda på att du har blivit frigiven och väntar på dig där hemma.

Alfredo Como nickade, tänkte en stund, reste sedan på sig och sade adjö till föreståndaren. Väl utanför sjukhuset tackade han LeClerc för hjälpen och sade att han skulle ta sig hem på egen hand. Han behövde en promenad.

- Jo, det var en sak till, sade LeClerc.

- Ja, sade Alfredo Como och vände sig mot LeClerc.

- Jo, fick han tag i dig? mannen från Röda Korset.

- Röda Korset?

- Ja det kom en man från Röda Korset idag och frågade efter dig. Jag sade att du befann dig på kyrkogården. Så då har du inte träffat honom?

-Nej.

- Jag tänkte ... han kanske vet något ... om din son. Varför skulle han annars vilja ha tag på dig?

Emilio var ute och körde. Och Carmina satt vid hans sida. De sade inget till varandra. Emilio tänkte på sin farmor och begravningen som hade varit idag. Han hade kört till kyrkogården innan han hade hämtat upp Carmina. Han hade sett militärer med hundar som gått och genomsökt  området, så han hade inte gått in. Istället så hade han parkerat sin risiga jeep och gått in i en portuppgång, tagit trapporna upp till översta våningen och ställt sig där. Genom ett fönster hade han kunnat spana ut på folket som kom och gick. Han hade sett Alfredo på begravningen och han hade undrat varför han var där. Om Alfredo var fri så måste han skynda sig. Ja, det var så han hade tänkt när han lite senare hade hämtat upp Carmina. Och nu satt de där, båda två i en risig, rostig jeep på väg mot ... ja, mot vad? Vad höll han på med egentligen. Han visste inte. Allt var så förvirrat. Som då, under kriget då han hade bott hos sin farmor. Hon hade tagit hand om honom under konvalescent tiden. Benet hade läkt bra, men han hade inte blivit helt återställd. Och ryggen värkte fortfarande.

Det hade varit  under ett av återbesöken på sjukhuset som han  hade fått syn på Carmina. Efter kriget  hade han besökt henne och varit så nervös så han hade skakat i hela kroppen. Och då som nu hade hon inte sagt så mycket. Men det gjorde inte något, bara han fick vara i hennes närhet. Han hade i början först bara fått lov att ta små promenader med henne på  sjukhusområdet. Men när  sjukhusledningen märkte att hon blev  piggare av besöken så hade han även fått tillstånd att ta med henne ut på dagsutflykter, bara han kom tillbaka med henne till kvällsmedicineringen.

Han besökte henne så ofta det gick. För det mesta så åkte de ut på landsbygden. Han tyckte om att köra ut på landet, för där fick de vara ifred. Och han tyckte om att få vara själv med henne.

Men efter en resa, så hade hon åter slutit sig som en mussla. Han hade velat göra henne glad, överraska henne. Han visste att hon en gång i tiden hade spelat med i La Stadas symfoniorkester. Då, innan hon hade fått barn. Innan kriget. Så han tänkte att han skulle köpa henne en flöjt. Han trodde att musiken kanske skulle hjälpa henne att bli frisk. Och kanske, kanske skulle hon då kunna se på honom med mindre likgiltighet och kanske ... Kanske inte ge honom kärlek, men lite värme, ömhet. Ja ömhet, ja, han skulle vara nöjd med ömhet. Ett varmt leende från henne hade också räckt.

Men allt detta hade grusats i samma stund som de hade gjort följe med en militärpatrull till byn Aurum där mannen som gjorde flöjtar bodde. Men där fanns ingen man, ingen flöjt, ingen by. Bara en doft av rök, aska och död.

Dofterna hade väckt minnen som för Carmina länge hade varit begravda, djupt nere i hennes själs mörkaste vrår. De vattentäta skotten var inte längre vattentäta. Bilder trängde på, ville upp till ytan. En spricka i skyddsmuren. Små fragment av bilder på män, eld och rök. Minnen från det förflutna. En häst ... Ett skott ... någon blir skjuten. Barnet ... var är barnet? En fruktkorg ... var är frukten?

Emilio stampade gasen i botten. Han skulle göra det. Det fanns inga andra val, inte för honom. Han hade bestämt sig. Han kunde inte se några andra alternativ. Och på detta sättet så skulle han kanske få vara tillsammans med henne ... i evighet. Han skulle ta henne till Nordlandet. Bort från alla dåliga minnen och bort från Alfredo. Han, Emilio skulle ta hand om henne. Bara han. Han kom att tänka på sin mor.

Det var ingen som väntade på Alfredo Como när han kom hem. Huset var igenbommat och den lilla trädgården var igenvuxen. Grinden gnisslade och ogräset hade invaderat stentrappan. Han kände på dörren. Den var låst. Gendarmerna hade i alla fall varit noga med att låsa efter sig. Han kände efter i fickorna på sina begravningskläder och hoppades att Zatana hade varit klok nog att lägga hans husnyckel i någon av fickorna. Det hade han inte. Men han hittade sedlar. Utländska sedlar ... och ett brev.

Alfredo Como knackade på hos grannen, som var honom till hjälp med en kofot.

Efter att ha brutit sig in i sitt eget hem och sett att det var i en enda röra, gick han ut igen och satte sig på trappan. Han satte armbågarna mot knäna och sjönk djupt ner med huvudet i handflatorna. Tårarna kom. Allt det emotionella som fanns inom honom kom nu ut. Han ville skrika, skratta och gråta på samma gång. Åt sig själv och åt hela mänskligheten... åt Gud.

Efter vad som kändes som en evighet torkade han bort tårarna och tog fram brevet och läste det. Brevet gjorde honom inte gladare. Det var ett brev från överste Zatana där han varnade  herr Como från att lägga sig i landets inre angelägenheter. Om inte, så kunde han inte skydda honom ... från vad andra då kunde tänkas göra. Bäst vore om han så snabbt som möjligt lämnade landet. För säkerhetsskull. ”Och som en sista ynnest mot min mor bifogar jag pengar för detta ändamålet. Bege dig norrut. Där finns Röda korset som kan hjälpa dig.”

Röda Korset. Det var andra gången Röda Korset blev nämnt för honom på en och samma dag.


Antonio Sulla, numera med överstes grad, satt och funderade på vad hans gamle vän Devo Zatana hade berättat för honom i förtroende. Han hade inte tyckt om  det han hade hört, men Zatana hade haft rätt i sina misstankar. Antonio Sulla hade jobbat med uppgiften han fått av Devo i diskretion. Det var farliga saker som han hade rotat fram och ju färre som kände till det desto bättre.

Han satt nu med en mapp framför sig som var stämplad "hemligt" och visste inte riktigt vad han skulle göra med den.

# DEL 2

KAPITEL 19

ETT NORDISKT LAND
(Februari 2001)

"Den gamle mannen"


**Den gamle mannen** satte sig i en av bibliotekets många sköna fåtöljer. Käppen lade han tvärs över knäna och händerna lät han falla tungt ovanpå. Han tog ett långt, djupt andetag och andades sedan sakta ut luften genom sina tunna läppar. Han log belåtet, så skönt att få vila sina gamla ben.

Han såg sig omkring och tittade på alla de som bläddrade runt bland böcker och tidskrifter. Sökare, kallade han dem. Människorna som sökte sig till bibliotekens ordförråd.

För en sökare kan ett bibliotek vara rena guldgruvan. Här kan var och en hitta sitt lilla rum av spänning, kärlek, sorg och hopp. Sökare av fakta och tusenårig historia, filosofi och religion. Sök här! Ni som söker meningen med livet. Sök här! Kanske hittar ni svaret, eller så hittar ni andra sökare som söker det ni söker. Möjligheterna är många och här finns brunnar att ösa ur. Illumineringar och ordgåtor bara ligger och väntar på att bli upptäckta. Sök ...

Den gamle mannen tittade förtjust på en mamma som kilade runt med sin lilla dotter bland barnböcker och leksaker. Han såg också en yngling stå och bläddra bland seriemagasinen. Det var en tonåring med akne problem. Han blir säkert mobbad i skolan för det, tänkte den gamle mannen och tyckte synd om grabben.

Efter att ha suttit en stund och betraktat människorna runtomkring sig sträckte han på sina ben och lutade sig bekvämt bakåt och slöt sina ögon. Han drömde sig tillbaka till tider och platser som nu för honom kändes avlägsna. Ja, nästan som om de inte hade existerat. Men det var tider, platser och händelser som hade satt sina spår i den gamle mannens liv:

Året är 1944 och han är tillbaka i den by där han föddes. Våren är kommen och han ska fylla åtta år. Fadern har länge snidat på en herdestav och den får han nu på sin födelsedag. Far är duktig på att snida i trä. Förra året hade han fått en träflöjt av honom. Far täljde och sålde flöjter på marknaden inne i La Stada för att få in lite extra pengar. Nu stod han och stirrade på den fina staven som hade fått ett indianhuvud utsnidat på skaftet. Han var så glad och så stolt så att glädjetårar forsade nerför hans kinder. Han kramade om sin far, sin mor och sina systrar och tackade av hela sitt idag åtta år unga hjärta.

Fadern som var herde klappade honom på huvudet och sade att nu skulle de två ut och valla fåren.

Efter det att far hade kysst mor på pannan, påbörjade de sin vandring till foten av berget Aurum. Och medan de gick uppför slänten spelade fadern på sin flöjt. I vanliga fall hade han gjort fadern sällskap i spelandet, men nu var han allt för upptagen med att hantera sin herdestav, sin födelsedagspresent. Flöjten hade fått stanna kvar där hemma.

Modern som hade stått och tittat efter dem gick efter en stund till sitt. Hönsen skulle ha mat och ved skulle plockas och vatten hämtas upp från den gemensamma bybrunnen. Mattorna som de höll på att väva måste också bli klara. Uppköparen var en tuff och hård man, och snål var han också. Äldsta systern som var sju år väntade på att få åka iväg till missionsbyn med de andra barnen där fader Luka lärde dem att läsa och skriva, medan minstingen på sex år hjälpte mor med husbestyren.

Solen höll på att gå ner och fåren skulle vallas tillbaka ner till byn. Med en tår i ögonvrån och skuldkänslor i hela kroppen gick han fram till sin far och berättade för honom att det saknades ett lamm. Fadern gick då ner på knä och såg sin son i ögonen. Han klappade honom lätt på kinden och torkade bort en tår och sade sedan åt honom att räkna dem igen. Och skulle det visa sig att det fortfarande saknades ett lamm, så fick han väl gå och leta upp det stackars lilla djuret.

Och medan fadern traskade neråt, hemåt, med de andra fåren, de som inte saknades, så gick han själv och letade efter det bortsprungna lammet. Uppåt. Han kom ihåg att han hade gått med tunga steg uppför bergssluttningen.

Han letade i klippskrevor och bakom stenblock, bland snåriga, taggiga buskar. Det var lömskt att gå där och det var lätt att man vrickade eller stukade foten. Och gick det riktigt illa kunde man själv trilla ner i ett hål.

Han hade kommit högt upp nu och när han tittade åt det håll byn låg, så såg han sin fars silhuett bli mindre och mindre tills den var helt borta. Han kände sig så ensam, så liten. Som ett lamm. Mörkret föll och han hade fortfarande inte hittat det lilla bortsprungna lammet. Han såg nu att det brann stora eldar borta vid byn och hade han inte hört smällare också? Var det hans födelsedag de firade där nere? Utan honom. Men han kunde inte gå ner dit, inte utan lammet. Att komma tomhänt tillbaka var omöjligt, en skam, ett nederlag både för honom och för hans far. De skulle säga att han har en odugling till son som inte ens kan hålla reda på ett litet lamm. Så han gick vidare i mörkret och letade efter något vitt och ulligt. Han gick och gick, men plötsligt så stannade han upp. Om han inte hade sett lammet ligga där det gjorde så

166

hade han kanske själv trillat ner i bergsskrevan. Den var inte så djup men där fanns vassa stenar som såg ut som små spjut och marken var lös. Han klättrade försiktigt ner, och hela tiden kände han sig fram med hjälp av staven. Månen visade sig och den ledsagade honom fram till lammet. Han var trött, smutsig och han hade rivsår på både armar och ben. Han kurade ihop sig tätt intill lammet och kände mjukheten och värmen från ullen. Han tittade upp mot månen och grät sig till sömns.

## JIM

Han blev glad när han såg henne komma in i sin fina vita dräkt. Hon hälsade och gav honom en puss på kinden, rättade till kuddarna under hans huvud så att han kom i sittande läge. Hon frågade honom hur han mådde, och han svarade henne att det var som vanligt.

Jim kände sig trygg där han låg. Och han var så glad och tacksam för att en av dem som tog hand om honom på sjukhuset var Lilly.

Idag, på morgonen då han hade gått på toaletten för att uträtta sina behov hade han nästan fått en chock.

En främling hade stirrat honom i ansiktet. En främling har flyttat in i spegeln, tänkte han. För inte kunde han vara så mager och så klen som mannen i spegeln.

Han visste att tiden och sjukdomen förr eller senare skulle sätta sina spår och avtryck.

En gång i tiden hade han varit välbyggd, muskulös och spänstig, nu var han mest trött och sliten. Sjukdomen hade tärt hårt på honom. Kinderna buktade in och den tunna huden låg pressad mot hans kindkotor. Skägget var grått och behövde både klippas och ansas. Likaså det tunna gråa håret. I profil studerade han sin näsa. Han tyckte den personifierade honom. Som en grekisk gud eller filosof. Och han var glad över att vara lite udda. Själv såg han sig som intellektuell. Men aldrig så  det övergick till storhetsvansinne. Gud bevars! Sådana hade han träffat alltför många av. Han tyckte själv att han hade varit en  god och omtänksam människa under sin livstid. Och nyfiken. Alltid nyfiken och frågvis. Ja, han var helt enkelt en man som alltid ville veta mera. Han ville så mycket mer. Men nu var det för sent.

Hans nyfikenhet och fascination över människor och deras livsöden hade fört honom runt i världen. Som en globetrotter. Alltid på resande fot. Och snart skulle han göra en sista resa.  Han visste inte hur lång tid han hade kvar. Men han klagade inte. Han hade levt ett långt och innehållsrikt liv. Här på sjukhuset hade han eget rum med blommor och  kort som det stod: "Krya på dig. Ge inte upp".

Han log lite för sig själv när han tänkte på de orden. Hur många gånger hade han inte yttrat de orden. Förr ... till andra ... till dem som inte såg något hopp, någon framtid. Till dem som ville ge upp.

Ge inte upp!

Och visst är det svårt att tro att hoppet är nära när hopplösheten breder ut sig. När tankar om att man aldrig åter ska få se en morgondag gry. Och så får man det. Solen går upp och de gråa molnen försvinner. Den gnista av hopp som man trodde var borta för alltid, var bara gömd, glömd.

Han hade många gånger försökt att tända hoppets ljus så att de som levde i skuggornas rike  åter kunde finna mening, hopp så att de kunde lämna kyla och mörker. Ibland hade han lyckats, ibland inte. Men han hade redan då vetat, att de som bär på livsgnistan, ljuset, måste vara de som visar vägen. Livets väg. Att inte ge upp ... försöka ... för sig själv och för andra.

Minnen från det förgångna hade letat sig upp till ytan. Det hade varit mötet med den gamle mannen i rum 27 som  fått Jim att tänka tillbaka på svunna tider. Den gamle mannen ja, tänkte Jim. Han hade först inte känt igen mannen. Men ringen. Han hade känt igen ringen.

Han ringde på sjuksystern.

Syster Lilly kom in och frågade vad han ville.

- Hur står det till med mannen i rum 27?

- Han ligger i koma, svarade syster Lilly.

- Vad vet ni om honom? undrade Jim.

- Ingenting. Han hade inga identitetspapper på sig. Varför undrar du det?

- Jag har något jag vill berätta för dig, sade Jim till Lilly som nu stod bredvid honom. Jag vill att du hämtar min bandspelare som jag har i skåpet. Och så sätter du dig här hos mig, för jag har en historia att berätta. Den måste få en ny lagringsplats.

Jim fäste den lilla mikrofonen i knapphålet på sin nattskjorta. Den röda inspelningsknappen lyste. Bandet snurrade tyst, som om det lyssnade och inte ville störa.

Han harklade sig och lutade huvudet mot kudden och slöt ögonen. Minnesbilder dök upp som sandstormar. De virvlade runt och skapade ett mönster; en historia:

**JIMS HISTORIA**

-Det hela började med att jag som ung och äventyrslysten grabb gick med i Röda Korset. Det var vår och året var 1944 och jag hade nyss fyllt tjugo år. Kriget höll fortfarande på och fastän vi i vårt land stod neutrala och utanför var nöden stor. Min bror jobbade som matros på ett lastfartyg. Han hade gått till sjöss redan som femtonåring. Själv hade jag en bil- och lastbilsmekanikerutbildning bakom mig så det var inga problem med att få jobb.

Men jag ville ut och se världen, göra nytta. Och jag hade läst att Röda Korset  sökte efter chaufförer och mekaniker till utlandstjänst, så jag fyllde i en ansökningsblankett och väntade. Ett plus i min ansökan var att jag behärskade två språk, förutom mitt modersmål.

Efter att ha gått en grundkurs i första hjälpen och fått en genomgång av hur Röda Korset fungerade, skickades jag utomlands ...

(Jim åker till en by i Terra Mondial)

Jag och min grupp från Röda Korset fick tidigt en morgon larm om att  det hade inträffat något hemskt i en by  ett par mil från vårt läger. Jag hade vid denna tidpunkt varit ute i fält i drygt fem månader, så jag kunde rutinerna ganska bra vid det här laget.

Ett team bestående av en läkare och två sjuksystrar hade lastat den ena jeepen med medicinsk utrustning.  I den andra jeepen skulle gruppchefen, hans assistent och en tolk åka i. Denna  morgon hade vi också en fotograf med oss, Eduard Durante. Han åkte med mig i lastbilen som vi hade lastat med torrmjölk, filtar, vatten, konserver och spadar, med mera.

Morgonen var kylig, men vi visste att om bara några få timmar så skulle det  bli stekhett. Gruppchefen och tolken stod och diskuterade färdvägen med en äldre man. Till sist så verkade gruppchefen nöjd och satte sig i jeepen och gjorde tecken för avfärd.

Färden gick över sand och hårdpackad jord med torrsprickor. Vi åkte över en uttorkad flodbädd som under regnperioden  svämmade över och gav näring åt den lilla vegetation som fanns kvar. Vi åkte mot soluppgång och det började redan bli varmt. Färden gick i maklig fart för att inte slita ut bilarnas redan så dåliga fjädringar. Efter några kilometer  tog vi av mot Missionsbyn med dess burleskt sneda klocktorn. Vi stannade till där och gruppchefen och tolken gick för att leta upp prästen. Jag och fotografen hoppade ur förarhytten och sträckte på benen. Fotografen Eduard Durante plockade lite med sina kameror, han hade tre stycken. Han valde en som han fäste på ett stativ. Och när gruppchefen och tolken efter en stund kom gående med en mager, äldre kaftanklädd man med långt, grått skägg och med ett stort träkrucifix hängande runt halsen, plåtade Eduard dem  framför den vitmålade träkyrkan med sitt sneda klocktorn. Efter det att fotograferingen var  avklarad så hoppade den  kaftanklädde mannen  in i gruppchefens jeep. Han skulle följa med och visa oss vägen till Aurum. Det var så byn hette.

Luften hängde, dallrade och glänste som ny-silver.

Vi hade kört österut och närmat oss ett bergs-område. Det växte gräs här och på bergssluttningarna. Buskar och träd bredde ut sig. Vi närmade oss byn, eller rättare sagt det som var kvar av den. Sot, aska och död stack oss i näsan. Tystnaden var total.

Vi parkerade våra fordon vid brunnen som låg mitt i byn. Navet dit kvinnorna gick för att hämta vatten, eller bara för att stå och skvallra med varandra och kanske fnissa åt de unga männens trånande blickar. Men inte nu längre.

Jag steg ur lastbilen med en klump i halsen. Gruppchefen kommenderade ut folk att leta efter överlevande. "Leta också runt om bland buskar och träd, och lyssna!", skrek han.

Eduard Durante fotograferade resterna av den brända byn. Han hade varit med förut och sett en hel del lidanden och död under sina reportage resor. Men vissa saker gick inte att svälja bara för att man var professionell. Han spydde då han fick syn på de förkolnade liken, de uppsprättade och stympade kropparna. Kroppar efter barn och vuxna.

Djurkadaver låg slängda i brunnen.

En hinna av skräck och ångest från de mördade låg över byn.

Den kaftanklädde gick runt och gjorde korstecken och bad böner. Han grät och tårarna som föll till marken blev byns sista smörjelse. Jag själv  gick till baksidan av lastbilen och spydde. Jag sköljde munnen med vatten från min fältflaska. En  livboj i denna djävulska hetta. Yrsel, jag var tvungen att sätta mig ner. Akta spyorna. Satte mig i det svedda gräset. Drog upp knäna mot pannan och gungade fram och tillbaka. Sedan med ryggen mot hjulets navkapsel, sträckte jag på benen, blundade. Andades ... in ... ut ... långa andetag, hitta rytmen, lugnet. Så småningom försvann yrseln och hjärtat började åter slå med jämna, lugna slag.

När jag öppnade ögonen och såg mig omkring, trodde jag först att ögonen spelade mig ett spratt. Men jag insåg ganska snabbt  att det faktiskt var någonting som låg och glänste i det torra, brända gräset.  Det var  täckt av sand och torkad jord. Jag plockade upp och borstade av föremålet mot byxbenet och såg ... såg att det var ett kors ... i renaste guld.

Något var på väg hit. Någonting kom ner från bergssluttningen, något litet ... vitt. Jag stoppade guldkorset i högra benfickan och gick bort till gruppchefen och pekade ut riktningen  för honom. Han tog fram kikaren just som det knastrade  till i komradion och han lämnade över kikaren till mig. Gruppchefen gick bort till jeepen och jag zoomade och ställde in skärpan på kikaren. Och jag såg ... jag

174

såg en pojke ... och ett lamm. En pojke gick och bar på ett litet lamm. Han bar det på sina axlar. Han hade en käpp fäst vid livremmen. Jag gick honom till mötes.

Jim hostade till och bad syster om ett glas vatten. Syster Lilly stängde av bandspelaren. Hon hällde upp en mugg vatten från tillbringaren.

- Såja, sade hon och klappade honom på kinden. Du måste vila lite nu. Vi kan fortsätta imorgon när du har fått tillbaka lite av dina krafter. Men nu måste du vila. Hon lämnade honom, rummet och det förflutna. Hon kände att hon behövde en stor kopp svart kaffe. Och efter det skulle hon gå och se till de andra patienterna, de som levde, här och nu.

Så småningom skola även de bliva historia, tänkte hon. Och sedan vi.

(Den gamle mannen minns, forts ...)

När han kom nedför berget med lammet över axlarna så märkte han att något inte stod rätt till. Och ju närmare byn han kom dessto mer försvann den. Det fanns ingen by kvar, bara aska och enstaka kaminrör som stack upp som rostiga spikar. Han såg bilar och män klädda i beigefärgade shorts och vita T-tröjor med röda kors på bröstet. Han hade hört talas om Röda Korset av fader Luka. Han hade också ett kors, men det var av trä.

Han såg den unge mannen med kikaren komma gående mot honom. Han gick vidare på darriga ben med ett lamm som tyngde hans axlar. Som om han vore självaste Atlas.

Det var lukten som fällde honom till marken. Den fruktansvärda stanken av bränt kött. Tårarna kom och han skrek efter mor och far. Men de svarade inte. Allt han hörde och såg var mannen med kikaren som kom allt närmre, men han uppfattade inte vad mannen sade. Tankarna for omkring i huvudet på honom med en rasande fart.

Jag fyllde år igår, tänkte han. Åtta år. Igår gick ett litet lamm vilse. Och idag så är det jag som är det lammet. Vilsen och övergiven.

Mannen med kikaren runt halsen var nu nästan framme vid honom. Mannen sträckte ut en hand och sade något till honom. Han reste sig upp med hjälp av staven. Staven, han tittade på den. Den hade fått sina törnar men den var fortfarande hel. Han höll hårt om den och gnuggade tummen mot det snidade skaftet, mot indianhuvudet.


(Jim, forts ...)

Han grät. Pojken, han grät när jag tog honom om axlarna. Jag skrek efter en läkare som kom tillsammans med en sjuksyster. De undersökte grabben.

176

Tvättade av skrubbsår och plåstrade om honom. Och så gav de honom en lugnande spruta.

Jag tog honom bort till baksidan av lastbilen, för jag ville inte att han skulle se mer än det han hade sett av det hemska. Det hemska som vi människor är kapabla att gör mot varandra. Ville inte att han skulle växa upp med bilder av förkolnade lik på näthinnan.

Gruppchefen kallade på mig och på de andra som tillhörde gruppen. Berättade att han hade hört på kom-radion att en lasbil med soldater var på väg hit. Vi diskuterade hur vi skulle hantera situationen, och vad vi skulle göra med grabben. Och vi kom fram till att vi inte skulle nämna någonting om pojken till soldaterna innan vi visste mera om deras intentioner. Den kaftanklädde mannen nickade instämmande.

Jag gick tillbaka till lastbilen där grabben satt och grät. En sjuksyster försökte trösta honom så gott det gick.

Jag förklarade för pojken på hans eget språk att soldater var på väg, och att vi inte visste vilka de var. Jag förklarade även för honom att jag ville att han skulle vara tyst och gömma sig under kapellet på lastbilsflaket.

- Där finns en filt som du kan krypa in under. Ligg bara still och var tyst vad som än händer.

Pojken nickade och torkade bort en tår från kinden, reste på sig och tog sin stav och  gjorde som han blivit tillsagd.

Själv letade jag fram en spade och grävde ner det döda lammet.

Dammoln i fjärran. Två jeepar närmade sig, en var civil och i släptåg hade de en lastbil med soldater.

Jag hoppade ner från flaket efter att ha sett om pojken. Pojken var rädd, förvirrad. Hoppades att sprutan skulle hålla honom lugn. Ville inte att han skulle få panik, eller hamna i chocktillstånd. Fan, det är ju bara en grabb! svor jag för mig själv, och gick bort till gruppchefen och gav honom kikaren. Han och fotografen stod och spanade ut mot dammet som yrde omkring de annalkande bilarna.

Under tiden skrev läkarteamet rapporter och tog bilder av de många offren. Några av dem skulle kanske gå att identifiera, andra inte.

Fotografen Durante gick ett stycke bort, till i ett buskage och "gömde" sig efter att ha diskuterat med gruppchefen. Gruppchefen hade sett det som en säkerhetsåtgärd. Som han sade: "Bildbevis om något går djävligt snett! Man vet aldrig med beväpnade män."

Jag, tolken och gruppchefen gick en bit bort från händelsernas centrum. Vi ställde oss så att Eduard Durante skulle få en bra möjlighet till att ta bilder, och för att vi ville komma en bit bort från lastbilen där pojken låg gömd.

# EN MILITÄRJEEP

Mannen som körde militärjeepen bromsade in kraftigt. Ett dammoln slog emot oss så att vi fick vända  oss om för att inte få sand och damm i mun och ögon. När dammolnet hade lagt sig steg en kraftig uniformklädd man ut från passagerarsidan. Han gick direkt fram till gruppchefen och gjorde honnör. Han presenterade sig som kapten Bravo från tredje jägarbataljonen. Han undrade vad Röda Korset gjorde i dessa oroliga trakter. Han berättade för oss att detta var ett rebellområde och att han inte kunde garantera för vår säkerhet här. Kapten Bravo tyckte att vi skulle åka tillbaka till flyktinglägret, till vår bas nedanför Mandrakeplatån. Han tyckte att vi gjorde mer nytta där än att vi åkte runt och ställde till besvär för honom. Han hade viktigare saker att ta itu med än att vara barnvakt åt oss.

Gruppchefen hade blivit röd i ansiktet. Vad i helvete är du för människa, tänkte han. Gruppchefen hade räknat till tio och sedan förklarat  för kaptenen att han hade fått ett anrop om en massaker och att det var hans skyldighet som chef för Röda Korsets flykting- och  biståndsavdelning här i landet att undersöka vad som hänt. Och enligt Genève- och Röda Korskonventionen från 1864...

Där hade kaptenen avbrutit med ett:

- Ja! jag vet. Genève hit, Genève dit. Jag vet att den gäller för sjuka och sårade i krig. Men vi är inte i krig. Det slutade vi med när resten av världen gick i krig. Vi har bara lite inhemska problem, sade kapten Bravo och log sarkastiskt åt gruppchefen.

- Som rebellaktiviteter? Ni tror att det är rebeller som har gjort detta. Gruppchefens ord blev mer ett påstående än en fråga och han såg att kaptenen blev irriterad.

- Rebeller, terrorister, brottslingar, mördare. Ni kan kalla dem vad ni vill. De är en svulst på samhällskroppen och skall med alla medel bekämpas, sade kaptenen med övertygelse i sin röst.

Gruppchefen förklarade för kapten Bravo att det inte fanns några levande här förutom dem själva, och att han själv då inte hade sett några så kallade rebeller i området.

- Här är allt dött kapten, ni kom för sent, sade han och pekade in mot vad som en gång hade varit en levande by.

- Ja vi gjorde väl det, svarade kapten Bravo. Jag och några av mina män följer med er och ser efter vad som har hänt. Vi kanske kan hitta några bevis på vilka gärningsmännen är. Även om vi vet vilka de är, sade han och vinkade ner soldaterna från lastbilsflaket.

Men innan kaptenen följde med oss så gick han bort till  två personer som satt  i den civila jeepen

180

och sade någonting till dem. De nickade något till svars. Sedan slog han följe med gruppchefen och gick till vad som en gång varit en levande by.

De två som satt i den civila jeepen såg inte ut att tillhöra det militära. De båda var civilklädda. Mannen bar vit kavaj och vita linnebyxor. I ena handen höll han en promenadkäpp gjord av ebenholts med ett handtag i silver. Och i hans knä låg en vit hatt med svart bårdband. Kvinnan som satt sidan om honom bar en damhatt med svart sorgflor. De blev aldrig presenterade.

Jag tittade lite på dem medan gruppchefen stod och pratade med kaptenen. Jag blev inte riktigt klok på vad de var för några. Kunde mannen vara en regeringstjänsteman? Och vad gjorde en civilklädd dam med sorgflor ute i ödemarken och i militärt sällskap? Det var frågor som jag senare skulle få svar på. Mycket senare.

Här tog Jim en kort paus. Han var törstig och läpparna hans hade blivit torra av allt prat. Syster gav honom en mugg vatten och fuktade hans läppar. Vattnet hade han druckit sakta och med små klunkar, som om det hade varit hett kaffe. Han smackade med läpparna och sade till syster att sätta på bandspelaren igen. Han hade en berättelse som måste få ett slut. Helst före hans eget.

Efter att kapten Bravo och hans mannar hade givit sig iväg, samlade gruppchefen oss alla vid jeepen och gick igenom dagens händelser. Vi hade inte sett några spår av trafik runt byn, som t. ex. hjulspår eller larvfötter från militärfordon. Inte före kapten Bravos besök. Och inte några vapen, varken från byborna eller från förövarna hade hittats, förutom vanliga köksknivar, yxor och några enstaka machetes som låg svedda i ruinerna. Man hade hittat rester från fyrverkeripjäser, men de kunde inte räknas som vapen, eller? Var det rebellerna som hade givit sig på oskyldiga civila? Och i så fall, varför? Varför lemlästa, mörda kvinnor och barn och sedan bränna ner hela byn till grunden. Det var som om förövarna ville få platsen utraderad från kartboken. Eller var det "bara" blint raseri från några personer. Några som var ute efter hämd. Eller var det så att byn "låg ivägen och måste bort" som var orsaken till denna tragedi. Många var frågorna, och svaren fanns säkert gömda i någon sjuk människas hjärna.

Om grabben visste vi då inte mycket. Han låg fortfarande och tryckte under en filt på lastbilsflaket.


## MITT NAMN ÄR ORFHAN

(Den gamle mannen minns... forts.)

Svetten rann där han låg under den varma filten. Han hade legat där tyst som en mus och skakat i hela kroppen av rädsla. Var fanns mamma och pappa? Och mina syskon? Var de döda? Många frågor flöt omkring i hans lilla ängsliga hjärna. Vad hade hänt med byn och vad gjorde alla dessa främmande människor här? Och rösterna utanför ... soldater. Han kikade fram under filten. Det var mörkt. Bara en liten strimma ljus sipprade fram genom en liten reva i kapellet. Han tvekade först, men nyfikenheten tog över och han kröp försiktigt fram till revan och tittade ut.

Det starka solljuset bländade honom. Han kisade med ögonen och spanade försiktigt ut över det lilla område som låg inom hans synvidd. Han såg jeepen, och han såg en man och en kvinna kliva ur den. Han kände igen mannen. Han hade sett den vitklädde mannen förut, både här i byn och borta vid foten av berget. Hans far hade berättat för honom att mannen jobbade för gruvbolaget. En gång hade mannen kommit med andra män, och då hade han viftat och slagit med sin silverkäpp i bordet så att det blev märken efter dess skaft. Nu höll den vitklädde mannen käppen i armhålan och sade någonting till kvinnan som stod vid hans högra sida. De diskuterade någonting, något om en fruktkorg. Han såg hur de gestikulerade och hur kvinnan nästan svimmade. Efter en stund pekade kvinnan mot lastbilen och de började gå, gå mot honom.

Han såg dem komma. De var nu bara ett tiotal meter från lastbilen och han skakade i hela sin lilla kropp. Han kröp tillbaka under filten. Han låg och skakade av rädsla. Han ville att mamma och pappa skulle komma och trösta honom.

Han hade somnat. Eller hade han svimmat? Hur länge visste han inte. Men nu var han vaken. Någonting hade väckt honom. Han satte sig upp med staven i ett hårt grepp. Han höll den som om den vore ett pjut eller en lans, redo att penetrera fienden.

Han såg hur kapellet veks åt sidan. Ljus flödade in. Först såg han bara silhuetten av en man som stod där framför honom. Sedan såg han vem det var och då lade han staven åt sidan och började gråta. Det var fader Luka, den kaftanklädde mannen.

- Orfhan! är det du? frågade fader Luka och kisade in i det mörka utrymmet.

- Ja, snyftade Orfhan och kröp fram till kapellöppningen där fader Luka stod och badade i solsken. Orfhan tyckte att fader Luka såg trött och sliten ut. Som en fåraherde som blivit av med sin flock. Ett leende spred sig dock över fader Lukas läppar. Kanske var det av glädje över att ha hittat ett av sina små lamm i livet.

- Hur mår du? frågade fader Luka som inte kom på något vettigare att säga. Orfhan sade inget, han svarade med tårar. Fader Luka tog honom i sin famn och tröstade honom så gott han kunde.

- Såja, såja. Allt ska nog ordna sig ska du se.

## JIM, FADER LUKA OCH ORFHAN

När fader Luka, som jag hade fått reda på att den kaftanklädde hette, kom med grabben höll vi fortfarande på med att diskutera situationen som vi hade framför oss. Vi fick berättat för oss av fader Luka att grabben hette Orfhan Ovis Ammon och att han var åtta år gammal. Och att den brända byn hette Aurum och hade fått sitt namn efter berget Aurum. Berget som sträckte sig högt och vackert i öster.

Egentligen var berget en del av en bergskedja som sträckte sig som ett bakvänt "C" längs den norra gränsen och den östra. Den norra delen av berget hette Mandrakeplatån och den större, högre delen av berget i öster hette Aurum, och kallades av bergsfolket för Djävulens ryggrad (El Espinazo del diablo). Bergsmassivet gjorde en gir ner till söder och blev allt lägre, mindre, flackare och fick där namnet Lordos.

Orfhan berättade för oss om sin födelsedag och om lammet som hade gått vilse. Själv så hade jag sett mig omkring och undrat: Var i helvete hade de andra lammen tagit vägen. Vi hade sett djur kadaver lite utspridda här och där i byn, och i brunnen. Men det mesta var från höns och några enstaka hundar. En åsna och en gris hade också hittats med halsarna avskurna. Men jag hade inte sett ett enda lamm- eller fårkadaver i byn. Så var fanns de?

Journalisten och fotografen Eduard Durante skrev och tog bilder. Efter det packade vi ihop. Det fanns inte mycket mer vi kunde göra. Vi åkte tillbaka till missionsbyn och lämnade av fader Luka och grabben. Jag gav fader Luka mitt namn och adressen till vårt läger. Om han var i behov av hjälp eller förnödenheter eller med något annat så skulle han bara höra av sig. Själv var jag både nyfiken och orolig hur det skulle gå för grabben, men fader Luka sade att han skulle ta väl hand om honom.

Efter att ha lämnat missionsbyn, fader Luka och Orfhan åt sina öden gick färden tillbaka till baslägret och rapportskrivning.

När doktorn kom in i rummet stängde syster av bandspelaren.

- Jim, doktorn har kommit, sade syster och klappade Jim på kinden. Jim öppnade ögonen och log.

- God middag, doktorn.

- God middag, svarade doktorn tillbaka. Vi ska ta lite prover idag. Du kan rutinerna nu, och jag vet att du tycker att det är jobbigt, men det är lika bra att få det gjort. Det går väl bra? frågade doktorn som om Jim hade något att säga till om.

När Jim kom tillbaka till sitt rum efter alla prov-
tagningar var han trött. Han skulle vila. Imorgon,
imorgon, tänkte han, då ska jag avsluta min historia.

## PORMASKEN

Bara för att man har några finnar mitt i nyllet så
behöver man väl inte bli kallad pormasken för det.
Det har ju för fan nästan varenda tonåring. Jag tycker
att det är rätt taskigt faktiskt. Men va fan! Alla är ju
taskiga! Morsan bara skäller och sen gråter hon.
Nerverna, säger doktorn. Va fan vet jag.

Farsan ska vi bara inte prata om. Han är förres-
ten inte min riktiga farsa. Morsan hittade honom på
någon jävla AMS-kurs. En omskolad stridskuk från
Marinen. Han är mellan två arbeten, säger han. Visst,
det har han varit i två år nu. Han har sökt till polisen,
men de vill inte ha honom. Vem fan vill ha noll IQ.
Allt han kan är att göra armhävningar och sit-ups,
och bråka med morsan. Ge henne order som om hon
var någon jävla menig. Jävla stridskuk. Men mina
kompisar tycker han är häftig. Han visar dem strids-
teknik, och hur man bygger smällare och hur man
dödar med bara händerna. Han har visat dem bilder
från sina uppdrag utomlands. Visst, han är en tuff
jäkel, men va fan!

Min riktiga farsa brydde sig, tog hand om mig och morsan så länge han levde. Han jobbade och slet för familjen. Och vad fick han för det. Jo, en spark i arslet när företaget flyttade utomlands. "För att maximera våra vinster är vi tvingade att rationalisera. Vi måste hänga med i den stora globaliseringskarusellen", hade personalchefen sagt och sparkat femhundra medarbetare. Jag kallar det för ren djävla girighet. Och resursförstörelse. Tänk så mycket kunskap och lojalitet som de arbetarna bar på. De var förädlade pärlor och de blev kastade åt svinen.

Nä! låt oss störta storfinansen rätt ut i havet. Störta dem nerför klipporna utan några djävla fallskärmar.

Pormasken stod och agiterade framför sin egen spegelbild. Han stod i badrummet och tryckte finnar.

Han skulle senare gå till biblioteket och lämna tillbaka några böcker som han hade lånat. Sista lånedagen idag liksom.


Konsumkassen med låneböcker dinglade i pormaskens högra hand medan fötterna försökte få fäste. Gågatan bort till stadsparken där biblioteket låg var rena isgatan. Här hade kommunen dragit in på både snöskottning och sandning.

När pormasken klev in genom dörrarna till biblioteket slog värmen emot honom. Glasögonen immade igen och han stannade upp för att torka av dem. Dunjackan, halsduken och mössan åkte av. Han lämnade in böckerna och stoppade mössan och halsduken i konsumkassen. Dunjackan höll han under armen.

Först gick han runt och tittade att kusten var. Han ville inte träffa på några klasskamrater. Ville inte att de skulle se honom. Inte när han var på väg till avdelningen för serier och comics. Hans andra hem.

Pormaskens stora passion var hjältar. Verkliga som påhittade. Världen behöver hjältar: Fantomen, Che Guevara, Martin Luther King, Robin Hood, Amnesty, Läkare Utan Gränser och Greenpeace.

Men vad han såg ute i världen var något annat. Han såg den enkla människans brist på heroism, mod och civilkurage. Och makthavarnas dubbelmoral. Han saknade människor som vågade stå upp och säga ifrån.

Han tyckte de vuxna saknade kraft, stöd och engagemang. De som skulle visa vägen var själva vilsna och rädda. Han såg dem som ryggradslösa amöbor. Inte alla, men många. De som bara gick förbi och blundade, de som gick med skygglappar genom livet bara för att inte bli inblandade i något. Han förstod inte varför människorna inte fattade att de är inblandade. De är ju samhället. Om de blundar för orättvisor och förtryck är de lika skyldiga som dem som utför dessa handlingar. Vad han såg hos sina medmänniskor var kanske inte en brist på empati, utan snarare en oförmåga att använda den.

Empati är kittet som håller ihop det civiliserade samhället. Som murbruket är för tegelstenarna. Ett bindemedel som förenar, stärker och skapar något gott. Empati bygger inga murar eller koncentrationsläger. Den odlar heller inte cynism eller egoism. För honom var empati vad navelsträngen är för det ofödda barnet. Livsuppehållande. En livlina.


Pormasken bar på många funderingar om livet och döden. Och om gott och ont. Och alla dessa varför. Hur kunde, du, ni, de, vi? Och över rasismen som sprider sig över jordklotet. Ja, många var frågorna och svaren få. Och inte blev han klokare ju närmare han kom avdelningen för serier och comics.

Han tänkte på tv-nyheterna som dagligen skrek ut människornas dåliga sidor: Girighet, maktlystnad, egoism och fanatism. Priser och belöningar som delades ut till alla dessa Mr " X" för att de hade tjänat ihop ytterligare några miljoner. Hur "X" tjänade ihop miljonerna frågade man inte. Vem bryr sig så länge inte pengar luktar och det står mat på bordet. Pengar är makt och makten bråkar man inte med. Pengar luktar som sagt inte, men lik gör. Och jord, luft och vatten som förorenas i profitens namn.

Och alla dessa krig.

190

Investera i ett krig. Skjut först och fråga sedan om hon var vän eller fiende. Förtryck innan andra förtrycker dig. Vänner blir fiender och fiender blir till vänner. Omvärlden blundar. Inte av respekt utan för att hon är rädd, rädd att väcka ett samvete som sover. Rädd att någon ska öppna garderoben och upptäcka alla skeletten. Rädd för att ångesten ska slå bakut. Rädd för att bli utstött ur den globala familjen. Att bli utfryst, mobbad och kanske fråntagen sina pengar, sin status. Bättre då att blunda, glömma, gömma och leva på en lögn som man försöker tvätta vit.

Ja, pormasken hade många tankar i huvudet där han stod och bläddrade bland serietidningarna. Han tänkte på hur upptagna alla människor var av sitt. Av ekonomi och konsumtion. Av att få vardagen att gå ihop. Handla, städa, hämta barnen på dagis, betala räkningar. Älska, äta, dricka, hata, bråka, skrika, misshandla, skiljas ...

Ja, han hade drömmar om ett bättre liv, en bättre värld. En värld fylld av varm empati istället för kall konsumtion. Idag handlar vi bort vår frustration, vår ensamhet. Flockdjuret som söker sig till den stora staden just för att den är ett flockdjur. Låser in sig i en etta för att få avskildhet. Rädd för att släppa någon in på livet. Radion och teven blir surrogat för de vänner man kunde ha haft. Om man bara hade vågat ge ... lite av sin tid ... av sig själv. Ensamhet ... du sköna ... du skrämmande. Allt vi vill är att bli sedda och älskade. Om inte ... så fruktade. Visa att vi existerar. Att ha ett syfte. På gott och ont.

Världen behövde fler vardagshjältar, och han ville bli en av dem.


Pormasken lämnade serieavdelningen och gick bort till hyllorna där de stora filosoferna sov i sina hyllor. Han var intresserad av filosofi och han kände en sorts släktskap med de stora tänkarna. Stora män som kämpade med de stora frågorna. Som hjältarna i böckerna som slogs mot drakar och ondska.

Pormasken satte sig ner och började bläddra i en bok av Voltaire. Han somnade, och kunde då inte se att mannen som satt i en fåtölj mittemot, betraktade honom med stort intresse.

# ETT BESÖK HOS FADER LUKA
## (Jim berättar...)

Jag och en läkare besökte fader Luka en gång i veckan för att bland annat lämna över mat och medicin och höra hur det var med grabben. Veckorna gick och en dag åkte jag själv och besökte fader Luka som mötte upp ute på gården. I lugn och ro visade han mig runt i missionsbyn och pratade om olika projekt som han ville påbörja och som han gärna ville ha stöd och hjälp med. Jag nickade och sade att jag skulle framföra hans önskningar till chefen.

Senare presenterade han mig för klassen som satt och hade skrivövningar. Klassen bestod av åtta flickor och  tio pojkar i åldrarna fem år och uppåt. Den äldste som jag såg i klassrummet var en tjej som var lika gammal som jag, tjugo år. Belladonna hette hon och hon hjälpte fader Luka med undervisningen. Belladonna var fader Lukas adoptivdotter. Fader Luka berättade  för mig att flickan bara hade varit fyra år gammal när han hade tagit hand om henne. Modern hennes hade dött för egen hand.

Jag såg Orfhan. Han satt tyst på den bakre bänken och skrev av meningarna som stod på den svarta tavlan. De få gånger han tittade åt mitt håll, såg jag hur hans läppar rörde sig, som om de ville le eller säga: Jag känner dig, men ändå inte.

Orfhan såg inte ut att må fysiskt dåligt. Hur det var ställt med det psykiska visste varken jag eller fader Luka.

- Han är väldigt tystlåten, sade fader Luka när vi satt och drack te i hans lilla kammare på vinden.

- Och han vill inte prata om det han har varit med om. Jag har försökt, men han bara skakar på huvudet. Fader Luka tog en  klunk te och lutade sig tillbaka i den slitna manchesterfåtöljen.

- Jag hör honom gråta på nätterna. Och det gör Belladonna också, hör honom gråta.

Jag nickade som svar att jag hade förstått. Förstått vad?

Fader Luka suckade tungt, blundade och sjönk allt djupare ner i fåtöljen. Han dör väl inte, tänkte jag. Hjärtattack eller så. Gubben var ju ändå sextiofem år gammal. Men gubben dog inte, han bara satt där. Och jag tyckte att han såg ut som en av de där filosoferna som man hade läst om i skolan.

Fader Luka satt med tankar som tyngde honom. Han var inte säker på vad han skulle göra med dem. Och om han skulle våga dela dem med någon annan. Tvivel och rädslor fyllde hans inre, men det handlade inte om honom själv. Det var grabben. Grabbens framtid låg i hans händer, och kanske, kanske också i den unge mannens händer. Om han bara vågade ...

194

Fader Luka väckte mig med en fråga som jag inte var beredd på:

- Tror du på Gud?

- Öh. Jag är konfirmerad, svarade jag. Och jag ...

- Men tror du på Gud? frågade han igen.

- Jag, vet inte riktigt ... Jo jag tror på Gud, men ...

- Men vad då? Fader Luka lutade sig fram och tittade på mig med nyfikna och granskande ögon.

- Men jag tror inte som ni, ni katoliker, svarade jag. Jag tror att Gud är god och vill oss alla väl. Jag tror inte att Gud är ond eller hämndlysten. Och är han det så vill jag inte ha något med honom att göra, svarade jag och märkte att mina handflator var klibbiga av svett.

- Vad får dig att tro att jag är katolik, undrade fader Luka, och nu log han.

- Är inte alla det här i landet.

- Inte alla, svarade fader Luka. Jag tror också på en Gud som är god. Ett ljus på vår vandring genom livet.

Fader Luka reste på sig och gick bort till en stor gammal koffert, öppnade den och plockade fram ett litet bleckskrin. Sedan satte han sig igen i den slitna manchesterfåtöljen med bleckskrinet oöppnat i knäet. Åter igen satt han i sina egna tankar. Men nu var ögonen öppna och de log åt mig. Jo, det är sant! fader Lukas ögon log. Vad tänkte människan på? Vad ville han mig?

Fader Luka  satt och smekte sitt långa gråa skägg som om det voro en katt som låg och spann mot hans bröst. Och ögonen, de stirrade inte, de log. Men jag fick också en känsla av att de läste, läste mig som en öppen bok. Jag kom på mig själv med att sitta och rota med handen i benfickan. Det var nog snacket om Gud och religion som fick mig att tänka på guldkorset som jag hade hittat i byn. Jag plockade fram det och blåste bort lite ludd som hade fastnat och räckte över det till fader Luka.

- Jag hittade det här i byn, på marken, sade jag.

Jag hade helt glömt bort att jag hade det. Fader Luka tittade igenkännande på korset och sade:

- Det är ett konfirmationskors. Och det tillhör en som heter Gasparo. Se själv, sade han och pekade på ett namn som var graverat på baksidan. Jag läste det ingraverade: Gasparo confirmati 1915.

- Gasparo? Vem är det?

Fader Luka tänkte efter en stund innan han svarade.

- Namnet Gasparo är rätt ovanligt. Och den ende Gasparo som jag känner till och som har haft skäl att befinna sig i trakterna är en viss Gasparo Burana.

- Vem?

- Gasparo Burana var en av dem som ledde Folkets Befrielse Armé under inbördeskriget. Rebellerna, motståndsmännen, terroristerna, ja mycket blev

196

de kallade. Och enligt rykten som cirkulerade på den tiden så hade visst Gasparo en flickvän i byn.

- Så då kan det ha varit den här rebelledaren som soldaterna var ute efter. Jag menar om det nu var soldater som anföll byn. Om byn hade starka band med rebellerna, så är det inte otroligt. Eller?

- Starka band är väl att ta i. Byns läge hade inte någon strategisk betydelse för FBA. Kanske var byn mer ett vattenhål, ett ställe att proviantera och skaffa upplysningar om militära trupprörelser. Men varför? Efter så många år.

Några vettiga svar på frågorna hittade vi inte. Tystnaden svepte in oss. Vi satt som i en glasbubbla och bara väntade på att den skulle spricka.


- Jim, sade fader Luka efter en stund. Rösten var faderlig, nästan bedjande. Som en far som ber sin son att vara tyst och lyssna, lyssna på de äldre, klokare.

- Ja, svarade jag med all min uppmärksamhet riktad åt fader Luka.

- Jim. Vi har lärt känna varandra under svåra förhållanden och jag har sett många fina sidor hos dig. Du är bara tjugo år och ändå så verkar du vara klokare och förnuftigare än många äldre som jag mött och som sades vara kloka. Du är en varm människa i en kall tid. Svåra tider med svåra beslut. Du litar på ditt förnuft och ditt goda hjärta, och så gör jag med. Och även om man ibland kan vara på irrvägar brukar hjärtat leda in en på rätt väg igen. Jag tror att du är en man som försöker gå förnuftets och hjärtats väg, även när ungdomligt tillkortakommande kan visa sig. Som att tro att man är odödlig och att saker inte händer en själv utan bara andra. Har jag inte rätt?

- Jo, svarade jag kort och rodnade.

Fader Luka log och verkade glad över att ha haft rätt.

- Jag vill be dig om en tjänst. Jag vet att det jag kommer att be dig om kan bli en tung börda och inte så rolig heller. Och ingen ekonomisk vinning, snarare tvärtom och kanske utsätts du också för fara. Men du skulle göra mig en stor  tjänst.

- Ja, svarade jag. Om jag kan hjälpa till med något så, visst.

- Det är lite känsligt det jag har att berätta. Så om du inte kan hjälpa mig, så måste du lova att inte föra något av det du kommer att få höra  vidare till andra. Kan du lova mig det? Fader Luka tittade mig djupt i ögonen efter att han yttrat de orden. Jag svarade honom att det kunde jag om det inte handlade om något olagligt.

- Nej, Jim det är inget olagligt, bara en del fakta som har legat begravt och dolt i åtta år. Fader Luka öppnade bleckskrinet och plockade upp två brev. Han tittade på dem och sedan på mig.

198

- Jim, det jag kommer att berätta för dig kan kanske utsätta både dig, mig och andra för fara. Jag säger kanske, för jag vet inte. Men du måste lova mig att de uppgifter du kommer och kan komma i besittning av, måste skötas med diskretion. Kan du lova mig det, Jim?

Nu var det jag som stirrade på fader Luka och på de två breven som fader Luka höll i handen. Hemligheter som en nyfiken tjugoårig grabb bara inte kan motstå. Jag svarade ja på hans fråga och höll på att spricka av nyfikenhet.

- Innan du får läsa breven, så ska jag berätta vad som hände en kväll för drygt åtta år sedan.

## FADER LUKA BERÄTTAR

Det var en sval och skön kväll och vi satt och drack te ute i trädgården, jag och Belladonna. Det var då vi fick syn på den ragglande kvinnan. Vi såg henne segna ner mot marken. Vi sprang båda två bort till kvinnan och hjälpte henne in i huset. Vi lade henne på kökssoffan. Vi såg båda att hon var gravid. När kvinnan efter en stund hade piggnat till så pass mycket att hon kunde gå själv, hjälpte vi henne upp till  min kammare, hit där vi två nu sitter. Och där borta, i sängen födde hon sitt barn, en liten flicka på två och ett halvt kilo. Kvinnan berättade för oss att hon hette Jasmina och att hon var på rymmen från sin tyranniske man. Och egentligen var de inte man och hustru för de var inte gifta, berättade hon. Och att barnet inte var hans. Hon berättade inte vem mannen var som hon var så rädd för, men hon berättade att hon hade varit på flykt en längre tid och att hon nu var på väg att förenas med barnets riktige far.

Jasmina och barnet hade varit hos oss i nästan en vecka, då vi en kväll hörde kraftiga bankningar på dörren. Det var fadern till Jasminas barn, han presenterade sig som Ovis Ammon. Han såg trött, sliten och vilsekommen ut där han stod i dörröppningen. Han såg på den slitna ryggsäcken som låg vid sänggaveln och som Jasmina hade burit på då hon kom till oss. Han öppnade den och stängde den sedan med ett belåtet uttryck i ansiktet. Ryggsäcken släppte han inte ur sikte under de få dagar som han och Jasmina bodde hos oss.

Och så en morgon var det så dags för dem att ge sig iväg. De skulle bege sig till Ovis Ammons far, som var fåraherde i byn Aurum. Men innan de gav sig av fick jag dem vigda till man och hustru. Och barnet blev döpt till Agnes.

Det var när vi skulle säga adjö och mannen böjde sig ner för att plockade fram något ur ryggsäcken som jag såg den, silverflöjten. Den låg där, i ryggsäcken och minnet av den gav mig kalla kårar. Och jag skämtar inte. Jag blev helt kallsvettig och började darra i hela kroppen.

Ovis Ammon plockade fram ett guldmynt och räckte det till mig, som ett tack för allt jag gjort för dem. Jag frågade honom var han hade fått tag i myntet och då hade han tittat på sin fru som i sin tur bara ryckte på axlarna och sade att det var hennes hemgift. Jag förklarade för dem att jag inte ville ha något med Pizarros guld att göra och att det låg en förbannelse över den. De båda stirrade då frågande på mig så som du gör nu. Jag bad dem sätta sig ner en stund, så att jag fick förklara. Och så berättade jag för dem, så som jag nu ska berätta för dig om Pizarros guld och dess förbannelse.

# KAPITEL 20

## PIZARROS GULD

**År 1531 landsteg** äventyraren och sjöfararen Pablo Pizarro  med knappt 200 man och 37 hästar på Terra- och Mondial-indianernas territorium. Ditlockad av ryktet om  indianernas enorma guld- och silverrikedomar. Pizarro fick hjälp av sin gamla vapenbroder, Almagro  som  hade anlänt med förstärkningar. De begav sig inåt landet, mot bergen där Mondialindianerna bodde efter att ha besegrat Terraindianerna. (som var jägare och fiskare, till skillnad mot Mondial indianerna som var ett bergsfolk som levde av sina får och getter)

År 1533 tog Pizarro Mondial indianernas hövding, Atahua  till fånga och Pizarro begärde en enorm lösensumma i guld och silver för att släppa honom fri. Trots att Mondial indianerna betalade, lät Pizarro avrätta  hövding Atahua. Därefter erövrade han Mondial indianernas heliga stad Uxmal Cuzco.

Men innan Atahua dog, så svor han en förbannelse över Pizarro och hans avkomma, och över  guldet som  blev betalning för hans död.

"De som klär sig i guld gjutna i mitt blod ska få sitt eget blod utgjutet och sorg och olyckor ska drabba deras familjer. " Så löd förbannelsen och så lyder den fortfarande i historieböckerna och runt om i byarna där urbefolkningen sitter vid lägereldar och berättar om sitt folks sägner och myter.

Hövding Atahua avrättades och steglades 1533 Anno Domini.

Några år senare föll Pizarro själv offer för en sammansvärjning av vänner till Almagro, som han låtit avrätta.

Samma år som man lät påbörja bygget av Sankt Mikaels kyrka slog fläcktyfusen till. Det var år 1568 och många dog som flugor och det blev kaos i landet.

Guldets förbannelse hade slagit in, trodde många i ledande positioner och flydde hals över huvud utomlands. 1569 tog Atahuas son, Manco tillfället i akt och gjorde uppror. Guvernör Pedro Mendoza som var i underläge köpte sig tid genom förhandlingar och med guld. Det blev så småningom fred i landet, men det hade kostat. Och år 1571 proklamerade han att den nya oberoende staten Terra Mondial var född. Och själv tog han sig titlen och devisen: *Rex dei grátia*.


- Och guldet. Vad hände med Pizarros guld. Och silverflöjten? frågade jag nyfiket.

- Vad man vet så försvann det. Sägnen säger att hövding Manco hade begärt lika mycket guld som lösensumman hade bestått av för att sluta fred. Och fått det. Andra säger att han bara fick en bråkdel av guldet och att resten gick åt till att bygga upp landet. Men bland urbefolkningen går det en legend om att hövding Manco begravde guldet någonstans i bergen och att en liten silverflöjt som han alltid bar med sig dolde hemligheten om var guldet låg gömt. Enligt legenden sägs det att han ristade in tecken, vägbeskrivnigar i flöjten, en karta, så att han i orostider skulle kunna hitta och använda guldet. Men det är som sagt bara en av många skrönor som går. Det finns också de som säger att guldet skeppades iväg redan av Pizarro. Andra säger att kyrkan har det i sin ägo. Långt nere i gravvalven.

-Kyrkan? frågade jag.

- Ja, det var kyrkan på den tiden som hade kunskapen. De smälte ner de hädiska gudabilderna och gjorde dubloner av guldet. Men man tror att allt inte smältes ner, utan gömdes undan. Man bestal helt enkelt Pizarro på en del av guldet.

- Och myntet som Jasminas man plockade fram ur ryggsäcken, tror du är en sån här dublon?

- Nej! jag tror inte, jag vet.

Fastän fader Luka hade svarat både snabbt och med säker röst fick jag en känsla av att han var orolig, kanske också lite rädd? Men för vad? En död gammal indians förbannelse?

Jag behövde inte fundera så länge, för fader Luka fortsatte att berätta:

- Jim, jag vet inte om du är vidskeplig eller ej. Eller om du tror på besvärjelser och förbannelser. Det spelar ingen roll. Jag vet att vi pratade om förnuft och att följa sitt hjärta. Men jag vill ändå att du lyssnar på vad jag har att berätta. Sedan avgör du själv vad du vill tro och inte tro. Fakta är i alla fall så här: Min far var arkeolog och höll i utgrävningen av Uxmal Cuzco, Mondialindianernas gamla huvudstad. Det var år 1898 och jag hade nyss fyllt nitton. Det året gjorde min far en fantastisk upptäckt. Han och en kollega hade råkat på en grav och i den hittat benrester och delar av ett kranium som far då trodde kunde vara kvarlevorna av hövding Manco. Fars kollega var mer tveksam och ville först kontrollera saken innan han yttrade sig. Vid gravens fotända hade de hittat ett enkelt bleckskrin. Och enligt min fars anteckningar låg det i skrinet, tvåtusen guldmynt och en silverflöjt. Far var övertygad om att detta var en del av den stora lösensumma som Pizarro en gång i tiden hade krävt för att släppa hövding Atahua fri. Man hade fortsatt att gräva ut Uxmal Cuzco men inte hittat några fler föremål som var av värde. Det var som om staden blivit rensad på allt innan den förföll och glömdes bort.

De hade undersökt kraniet och bendelarna som man hade hittat och forslat till museet. Fars kollega hade rätt, skelettdelarna var inte gamla nog för att vara hövding Manco. Troligtvis lutade det mer åt att ha tillhört en person som hade levt på 1700-talet. Men far var säker på att guldet de hade hittat kom från tiden då Pizarro levde.

Far trodde inte på förbannelser, han var arkeolog, vetenskapsman och ateist. Han sade alltid att det fanns en logisk förklaring till allting. Det är bara så att ibland vet man inte om det. Men jag tror att han då inte visste om att han hade öppnat Pandoras ask.

Tidningarna skrev om fyndet och rykten började cirkulera. Vem eller vilka hade grävt ner guldet? Och vem var mannen som hade grävts upp och vars skelettdelar nu låg på ett obduktionsbord för att undersökas. Kunde det vara en släkting till hövding Manco?

En kväll när far satt på sitt rum i muséet och granskade bleckskrinet upptäckte han att det fanns ett lönnfack i botten på skrinet. Far berättade för oss en morgon vid köksbordet att han hade hittat något som hade satt myror i huvudet på honom. Han berättade inte vad det var. Men han gick ofta omkring och mumlade, om saker som han sade, "inte stämde". Och så gick han i flera dagar, vankade oroligt fram och tillbaka i sitt arbetsrum. Och han nämde aldrig vad det var som tyngde hans sinne.

Men en morgon när jag och min bror åt frukost i köket kom far och var på ett strålande humör. Sade

206

åt oss att packa ryggsäckarna. Vi skulle gå på skattjakt.

Jag, min bror, och en kollega till far, en professor i antika språk, Carl Orf, vandrade iväg uppför berget mot ett äventyr vars slut skulle bli mycket dramatiskt.

Far hade packat ner karta, kompass och silverflöjten i sin ryggsäck. Han och Carl Orf trodde sig ha löst mysteriet med flöjten. De trodde inte att det var hövding Mancos silverflöjt, men de var ganska säkra på att det var en kopia av den. För den hade tecken, noter inristade precis som legenden förtäljde om.

Det var jobbigt att ta sig upp för berget. Och när mörkret föll slog vi läger för natten uppe vid en liten grottöppning. Man hade förr använt grottan till att samla upp fåren i när det var oväder. På morgonen väckte min bror mig och sade att han inte kunde hitta varken far eller herr Orf. Deras sovplatser var tomma. Vi tjoade och skrek, men fick inget svar. Vi letade runt lägret och vid raviner som de eventuellt kunde ha trillat ner i. Ingenting. Vi gick tillbaka till lägret och väntade. Det var först när solen stod som högst på himlen som vi såg far komma tillbaka. Ensam. Vi frågade var han hade varit och varför inte herr Orf var med honom. Far berättade för oss att han hade vaknat och upptäckt att någon hade rotat i hans ryggsäck. Han hade genast märkt att kartan, kompassen och silverflöjten var borta och likaså professor Orf. Så han hade själv börjat leta efter herr Orf, men hade till sist givit upp efter att ha insett att han höll på att villa bort sig i terrängen. Såret i pannan sade han sig ha fått då han snubblat och slagit huvudet i en sten. Silverflöjten och professor Orf var borta. Var det av fri vilja eller hade han råkat ut för en olyckshändelse?

Eller var det så enkelt att det var människans giriga natur som åter hade visat sig? Hade han gått för att leta efter guldet själv. Kanske var det Pizarros förbannelse som hade slagit till?

Guld har kraften att både blända och förblinda.

Silverflöjten var borta och åren gick och jag trodde  aldrig att jag skulle få se den igen. Men som sagt det fick jag.

Man hade sökt efter professor Carl Orf flera gånger, men utan resultat. Carl Orf lämnade efter sig fru och två barn,  dottern Mary, fjorton år och sonen Darius som bara var två år gammal.

En månad efter det att professor Orf försvann dog min far. En nattvakt hade hittat honom livlös vid sitt arbetsbord på museet. Och guldet var borta. Kanske var det ett rån som hade urartat. Men död var han, min far. Förbannelse eller ej.

Efter fars död blev ingenting sig likt. Jag och min bror gled mer och mer ifrån varandra. Mor försjönk i arbete och min bror tog värvning i det militära. Jag började läsa teologi på universitetet. Det var där jag för första gången mötte fader Ambrosius. Han kom att bli min mentor, broder och vän.

Fader Luka satt tyst. Kanske väntade han på en reaktion från mig. Eller gjorde han det? Han tittade på mig och jag visste inte vad jag skulle säga. Vi satt tysta en stund som om vi båda var tvungna att smälta det som hade blivit sagt. Sedan sade han:

- Nu kommer vi till den del av berättelsen som jag tycker är den svåraste, känsligaste och mest utlämnande av det jag kommer att betro dig med.

Jag stirrade nervöst på fader Luka som nu räckte fram ett av de två breven till mig. Jag läste:

"Käre vän, och broder!

Jag har länge saknat ditt sällskap, men jag vet också varför du har valt din *"Via Dolorosa"*. Jag hoppas att du en dag ska förstå och förlåta dig själv. Gud har förlåtit, du var ju bara ett barn, ett vilset lamm.

Det är som du vet oroliga tider och jag hoppas att Gud ska få människorna att besinna sig. Och medan vår Herre gör sitt försöker jag göra mitt. Jag vill därför be dig om en tjänst. Jag tänker inte nämna några namn i detta brev för det kan vara osunt för alla inblandade. Men jag tror att denna person (som jag hoppas står framför dig nu) är i fara och att man letar efter denna person. Barnet som är med personen är "den sista stenbocken. Må inga pilar träffa honom". Jag hoppas att du kan hjälpa dem.

*Errare humanum est, ignóscere divinum"*

Jag läste brevet två gånger och lämnade sedan tillbaka det till fader Luka. Han räckte över det andra brevet till mig, och jag läste:

" Min kära, älskade Carmina. Om du läser detta så är jag antingen inspärrad eller på något sätt inte kontaktbar. Om något skulle hända mig, jag säger OM något skulle hända mig, så vill jag att du ska veta att du är det bästa som har hänt mig. Jag vill inte oroa dig, du har ju vår son att ta hand om. Jag kommer aldrig att ge upp hoppet om att få se dig och vår son igen! Aldrig! Och jag ska försöka på någotvis komma i kontakt med dig, via vänner eller andra kontakter. Men först måste vi tänka på er säkerhet. Du kommer att få hjälp av vänner. Kan inte skriva några namn i brevet ifall det skulle komma på irrvägar. Jag lämnar min signetring i dina händer och önskar att du bär den tills vi möts igen. För alltid din ... Alfredo.
P.S. *Amor vincit omnia.* D.S"

Jag tittade på fader Luka medan han lade tillbaka de båda breven i bleckskrinet.

- Den här Carmina, behöver hon hjälp, frågade jag. Fader Luka svarade inte, utan istället plockade han fram en ring ur bleckskrinet. Fader Luka betraktade ringen där den låg i hans högra hand. Sen knöt han handen, sträckte ut den mot mig och lät ringen falla ner i mina kupade händer.

- Så detta är ringen som det står om i brevet, sade jag mer som ett påstående än som en fråga.

- Ja, svarade fader Luka samtidigt som han nickade med huvudet. Ja, det är ringen. Alfredos och Carminas ring. Och nu Orfhans.

- Orfhan? ... Det snurrade i huvudet på mig. Jag stirrade växelvis på fader Luka och ringen.

- En morgon några veckor efter det att Jasmina och hennes man hade lämnat oss hittade Belladonna en korg med ett barn i som hade blivit lämnad utanför kyrkan. Hon kom till mig med barnet. Ja det var Orfhan som låg där. Först trodde jag att ungen var död för han andades knappt och gav heller inte ett ljud ifrån sig. Jag tror att Belladonna och jag, med hjälp av byns jordemoder räddade livet på honom.

Vi tog hand om barnet, men vi visste båda att vi skulle behöva finna en amma tills barnets riktiga mamma dök upp. Det var vad vi hoppades på. Att barnets mor skulle dyka upp. Och outgrundliga äro Guds vägar, för nästa dag så stod Jasmina utanför vår dörr och grät. I famnen höll hon sin dotter Agnes.

Hon var död. Vi begravde henne här på kyrkogården. Herren ger och Herren tar.

- Så hon tog hand om Orfhan, frågade jag fast jag visste svaret.

- Ja, hon ammade och gav honom av sin kärlek.

- Och sedan? Ni hittade aldrig barnets riktiga moder?

- Nej, och då visste vi inte om breven, och kriget kom och ... det blev andra prioriteringar. Vi trodde helt enkelt att hon hade råkat ut för något, att hon var död.

- Ja, breven. Var kom de ifrån?

- De låg i korgen som Orfhan hade legat i, under en liten hemmagjord madrass.

- Men upptäckte inte Jasmina breven?

- Nej, hon tog inte korgen med sig. Hon bar barnet i en tygsele på magen. Och korgen hamnade i ett förråd i väntan på sin ägare. Och där låg den tills helt nyligen då jag kom att tänka på korgen när ett par här i byn skulle ha barn. De var fattiga och jag tänkte att de kunde få korgen som en doppresent. Det var när jag gjorde iordning korgen som jag hittade breven.

- Och nu, så vill du att jag ska försöka hitta hans riktiga mor och far? frågade jag.

- Om inte hitta, så i alla fall försöka ta reda på vilka de är, eller var. Grabben har bara mig och Belladonna nu och jag lever inte för alltid. Förr eller senare så måste han få veta. Och tänk om de lever, hans riktiga föräldrar. De kanske sitter och väntar på ett livstecken från sin son.

Jag satt stum. Nickade. Vad skulle jag säga?

- Ja, Jim. Jag ber om din hjälp. Och om du vill och kan hjälpa mig, glöm då inte att gå försiktigt fram, det kan vara farligt. Vi vet ju inte varför fadern, Alfredo blev fängslad eller varför man letade efter Carmina och Sebastian.

- Sebastian?

- Ja, hans riktiga namn är troligtvis Sebastian. Fader Ambrosius gav mig två ledtrådar i sitt brev: "Må inga pilar träffa honom" och "Den sista stenbocken ". Den tjugonde är Sankt Sebastian dagen. Sankt Sebastian dog martyrdöden år 288 Anno Domini. Han blev mördad, avrättad av bågskyttar i Colosseum. Och med "den sista stenbocken" så menar fader Ambrosius stjärntecknet stenbocken, vars kalendariska period infaller mellan 22/12 – 20/1. Och sista datumet för stenbocken är den tjugonde.

- Fader Ambrosius?

- Ja det var han som skrev brevet till mig. Och jag är rädd för att han var den person som kunde ha givit oss svaret om han hade fått leva. Han är tyvärr död. Han blev mördad. *Corpus delicti.* Fader Luka gjorde korstecknet och knäppte händerna till bön: *Ave Maria, grátia plena ...*

# KAPITEL 21

## Jim närmar sig slutet

**Jim kände att han** inte hade mycket kvar nu, varken av livet eller berättelsen. Men han fick inte dö förrän han hade fått berätta, förklara. Syster Lilly satt och höll honom i handen.

- Du måste vila och spara på dina krafter, sade hon. Du kan berätta vidare senare, när du har fått tillbaka lite färg i ansiktet. Du är alldeles blek kära du. Men Jim skakade bara på huvudet.

- Nej. Vi gör det nu. Sätt på bandspelaren igen är du snäll. Det är inte mycket kvar nu. Lilly uppfyllde hans önskan och satte på bandspelaren. Hon var nära till tårar. Hon ville inte att han skulle dö. Hon tyckte om den gamle mannen. Hon kom att tänka på sin kusin Nelly och hennes son, som också hette Jim. Jim junior.

Hon log och kände att ögonen blev fuktiga.

- Hittade du grabbens riktiga föräldrar? frågade hon och torkade bort en tår som hade letat sig fram ur ögonvrån.

214

Jim låg med slutna ögonlock och nickade men kom på att bandspelaren inte registrerar nickningar så han svarade muntligt.

- Ja. Jag hittade dem. Orfhan ... Sebastians föräldrar. Om inte minnet sviker mig så var det så här:


Efter mötet med fader Luka återvände jag till flyktinglägret. Detta var i Juni 1944 och världskriget rasade för fullt. Flyktingströmmen från norr var stor så det fanns inte så mycket tid över att leka detektiv. Visserligen var inbördeskriget över och Terra-Mondial befann sig neutralt i rådande krig, men diktatorn dr Nazur och militärjuntan hade fortfarande makten och framtiden var oviss.

Men en dag då jag var ledig fick jag lift med vår provianterare in till huvudstaden och där gjorde jag lite amatörmässiga förfrågningar.

Det första jag gjorde var att leta mig fram till kyrkan där fader Ambrosius hade predikat. Väl där blev jag mött av en kaplan som visade mig runt och berättade vördnadsfullt om kyrkan Sankt Mikael och om fader Ambrosius liv och gärningar. Han tog mig med på en vandring genom kyrkogården och pekade på olika gravar och berättade om människorna, om deras öden och liv. Om alla de offer som kriget hade skördat. Många av dem låg här. Till sist tog han mig till en enkel grav med en enkel sten av svart granit.

Och på den stod orden: *"Dixi et salvavi ánimam meam"* inristade. Det var fader Ambrosius grav.

Med kaplanens hjälp, och kyrkböckerna fick jag reda på att en Alfredo Como och Carmina Burana Como hade fött en son den tjugonde januari och att de hade döpt honom till Sebastian Alberti Como i maj månad 1936. Vittne och tillika gudfar hade varit en Emilio Zatana. Dopförättaren hade givetvis varit fader Ambrosius.

Jag hade nu namnen på Sebastians föräldrar och det sade mig ingenting. Jag visste ingenting om herr och fru Como, förutom att de hade en son ihop. Men kaplanen kom åter till nytta. Han berättade för mig om den store poeten och om hans bror, estradören Aragon. Men kaplanen trodde inte att de var i livet. Många hade försvunnit under kriget. Antagligen var de avrättade och begravda i det tysta i någon massgrav. Men skulle det visa sig att de var i liv så satt de säkert inspärrade i någon fängelsehåla.

- Försök där, i fängelset, hade kaplanen sagt med låg, darrande röst. Eller hör med sjukhuset. De kanske vet något.

Jag tackade kaplanen för all hjälp och lämnade kyrkans svala korrum och klev ut på kyrktrappan till gassande sol. Solen stod högt på himlen och inga moln var i sikte. Ännu en djävulsk het dag. Och hetare skulle det bli.

Fängelsehålor och sjukhus är några av de ting som jag inte med förtjusning besöker. Frivilligt eller ej, så ger de mig en bitter smak i munnen av ... död råtta.

Men först skulle jag leta upp adressen till familjen Como. Det kunde ju tänkas att de var hemma.

Efter att ha irrat omkring en stund bland alla smågator så hittade jag till slut fram till familjen Comos hus. Det var igenspikat och man kunde se att ingen hade varit där på mycket länge. Trädgården var igenvuxen. Men jag kände ändå på grinden och den öppnade sig med ett gnisslande ljud. Jag gick uppför den branta trappan fram till ytterdörren och knackade på. Inget svar. Ingen öppnade. Jo, en dörr öppnades, men det var grannhusets. En gammal gumma helt klädd i svart tittade nyfiket fram. När jag frågade henne om familjen Como och var jag kunde få tag i dem, himlade hon med ögonen, gjorde korstecknet och försvann lika fort som hon hade dykt upp. Det där med korstecknet tog jag som ett dåligt omen. Kunde gumman ha menat att de var döda och begravda, och om det pratar man intet? Råttsmaken började tränga på och jag visste, att om jag skulle få några svar på mina frågor var jag tvungen att ta tjuren i hornen.

Gendarmhögkvarteret var inte svårt att hitta. Alla människor jag frågade visste var det låg. De sade inget, bara pekade åt det hållet. Även de gjorde korstecknet.

Inne i gendarmhögkvarterets väntrum satt nervösa män och kvinnor. Några grät medan andra bet på naglarna. Här stank mer än råtta. Väggarna var tapetserade med dödsångest och skräck. Golvet var bonat med urin, blod och tårar. Hela rummet var som hämtat ur Dantes "inferno". Jag var på väg att vända om och gå ut när en liten, tanig, äldre man med runda glasögon hängandes på sin nästipp frågade vad jag hade för ärende. Han stirrade nervöst runt i rummet medan han tryckte en skinnportfölj hårt mot sitt bröst.

- Jag söker en viss, herr Como, svarade jag med så lugn röst som jag bara kunde. Jag tror att jag stammade, men jag är inte säker. I ett rum som detta kan man inte vara säker, ingenting är säkert, förutom att onskan bor här.

- Herr Como? Varför söker ni herr Como, viskade den nervöse fram.

- Jag kommer från Röda Korset och en vän till herr Como har bett mig att fråg...

- Röda Korset säger du, sade den nervöse mannen och såg sig omkring, tog tag i min arm och drog mig lite avsides.

- Jag kan bara säga att han troligtvis finns på kyrkogården, sök där, mer kan jag inte säga, sade mannen och försvann lika fort som han hade dykt

218

upp. Jag ville fråga honom vilken kyrkogård, men han var redan borta. Och det var något som jag också ville, bort, bort från detta hemska ställe, detta dödens väntrum.

Jag lämnade dödsriket genom helvetetsporten och möttes nu inte längre av hetta. Nej, solstrålarna kändes som balsam och kontrasten fick mig att bli så yr att jag var tvungen att sätta mig på en parkbänk.

I rabatterna knoppade blommor i solen och visste inget om den isande kyla som fanns i en byggnad bara ett stenkast bort. Liv och död, och endast en mur av sten skiljer dem åt. Så skört livet är när andra kan ta det ifrån dig, och det utan att fråga om de får lov.

Jag tittade på blommorna i rabatten och lovade mig själv, att aldrig mera gena genom blomrabatter bara för att tjäna några futtiga sekunder eller steg.

Efter att ha suttit och funderat ett tag, reste jag på mig och gick därifrån. Korstecknet från grannfrun och nu senast snacket om kyrkogård fick mig att tro, att Sebastians föräldrar var döda. Ja, i alla fall fadern, herr Como. Men om modern visste jag inget. Någon måste veta. Men vem? Kanske visste den där Emilio Zatana som hade varit dopvittne något om modern.

Jag gick planlöst omkring i staden medan jag tänkte på vad mitt nästa steg skulle bli. Var det någon mening med att slösa tid på något som i slutändan kanske skulle visa sig vara fruktlöst. Det mest troliga var att de var döda och begravda. Och Sebastian skulle få nya föräldrar att gråta över. Det vill säga om fader Luka berättade för Orfhan om deras existens. Många frågor surrade i mitt huvud. Levde någon av föräldrarna? Var de döda? Mördade? Och om det var mord och jag fortsatte att gräva, var skulle jag då hamna? I en återvändsgränd där tjuvar och mördare väntade? Skulle jag gräva upp sanningen ur djupet och kanske min egen grav? Och hur skulle detta hjälpa Sebastian? Jag visste att något inte stod rätt till. En mor lämnar inte bara ifrån sig sitt barn hur som helst. Något hade hänt, de hade flytt, men ifrån vad?

Jag gick förbi parlamentsbyggnaden och svängde till höger in på esplanaden. Här låg ambassaderna och konsulaten. Men många var igenbommade. Så var även fars gamla arbetsplats. Han hade jobbat här för utrikesdepartementet. Men då var jag bara en liten grabb, som Orfhan, åtta år.

Framför mig låg Plaza de Libertas. När jag hade rundat av till vänster i T-korsningen fångade en skylt som satt fastskruvad i en tjock ekdörr min uppmärksamhet. Det var en mässingsskylt som sade mig att tidningen TeMas redaktion låg på tredje våningen. Jag kände på dörren och klev in.

Vid tidningens reception blev jag tillfrågad av en sur kvinna om jag hade bokat tid med redaktören.

- Nej! det har jag inte, men jag kommer från Röda Korset och vill gärna träffa redaktören i ett ärende rörande familjen Alfredo Como.

Den sura kvinnan bad mig sitta ner ett tag. Hon skulle ringa och höra om redaktören var anträffbar.

Jag satte mig. Och jag fick sitta och vänta i nästan en timme innan en äldre man med stor ölmage och  grått skägg uppenbarade sig. Mannen tittade sig omkring och gick sedan bort till den sura kvinnan i receptionen som i sin tur pekade åt mitt håll.

- Ursäkta att ni har fått vänta. Men jag var tvungen att kolla upp några saker, sade mannen med grått skägg och stor ölmage och sträckte fram sin hand. Jag är redaktör Borgia. Och ni ser ovanligt ung ut för att vara från Röda Korset.

Jag visade honom min legitimation som han granskade noga. Han bad mig att följa med honom. Vi gick genom en smal korridor med många dörrar. När vi kom till en dörr märkt "Arkiv" tog han fram en nyckelknippa, låste upp och visade vägen till ett långt och brett ekbord.

- Så vad kan jag hjälpa dig med, frågade redaktör Borgia. Som du kanske vet råder det inte precis någon pressfrihet här i landet och censuren har en lång, vass sax som klipper i det mesta. Men något ska jag väl kunna hjälpa dig med. Min fru i receptionen berättade att du var intresserad av familjen Como, stämmer det?

- Ja, svarade jag och tyckte synd om gubben för att han var gift med surkvinnan.

- Om herr Alfredo Como vet jag en hel del. Han föddes här i staden 1904 och är den äldste av sönerna till Alberti Como och Elizabeth Solá.

Alfredo Como började redan som liten att skriva dikter och små noveller som han skickade in till tidningen. Ja, hans yngre bror, Aragon började också att skriva, men senare, och i tonåren även pjäser. Han skrev och jobbade på teatern. Ja så var han ju också en duktig trubadur. Tyvärr så blev han mördad. Om jag minns rätt så var det vid inbördeskrigets utbrott. Som så många andra.

Men unge Alfredo han var det täckta könets lilla gunstling. Han gav kvinnorna kärleksdikter och de gav honom sina hjärtan. Men för honom fanns bara Carmina.

Carmina Burana, dotter till skådespelerskan Maria Oliviera och porträttmålaren Matejko Burana. Carminas bror Gasparo kanske du känner till? Inte? Ledaren för rebellerna. Eller som jag kallar dem; frihetskämparna!

Jag berättade att jag hade hört namnet nämnas, men att jag inte visste något om honom. Var han Sebastians morbror?

- Det var på universitetet Alfredo lärde känna Carmina. Hon var student och han var där som föreläsare. Och det var hon som fick honom till altaret. De fick en son, visste du det?

Innan jag hann svara på frågan gick redaktör Borgia för att hämta kaffe.

- Alfredo Comos mor dog när Alfredo bara var sjutton år. Han skrev en diktsamling till hennes minne, och om jag minns rätt fick den titlen " När knoppar brista" och som blev hans stora genombrott som diktare. Men redan när han var tolv år skrev han novellen " Röda Pamfletternas Brigad" som han fick publicerad med hjälp av sin fröken, Corazon Zatana.

- Zatana? Är hon släkt med en Emilio Zatana, frågade jag medan jag rörde om i kaffekoppen.

- Ja, det är hennes sonson. Emilio är son till överste Zatana, befälhavaren över landets väpnade styrkor.

- Jag såg i kyrkböckerna att Emilio är gudfar till Sebastian. Kan han veta något om familjens öde, och var får jag tag i honom i så fall?

- Sebastian, ja, så hette grabben. Undrar vart han tog vägen. Redaktör Borgia kliade sig i örat med en blyertspenna.

- Det är mycket möjligt att Emilio Zatana vet något om familjen Comos öde. Han och Alfredo var vänner. Som små lekte de och gick i skolan tillsammans. Och att de båda förlorade sina mödrar tidigt, gjorde nog sitt till. Emilio förlorade sin mor när han bara var tolv och Alfredo sin mor som sagt, när han var sjutton gjorde nog att banden dem emellan var särskilt starka.

Som unga studenter startade de två studentföreningen "Pamfletten". Men någonting hände 1923 som fick dem att bryta kontakten. Emilio skickades utomlands för att studera, sades det. Och det gick rykten om att förhållandet mellan fadern och Emilio varit nära att sluta i katastrof. Ett rykte var att Emilio hade hittat sin far i säng med deras städhjälp. Ett annat var att fadern hade hittat Emilio i säng med städhjälpen. Blodvite hade uppstått och båda hade fått uppsöka läkare. Hur som helst, sant eller falskt, så skickades grabben utomlands.

- Men han måste ju ha kommit hem -36 om han nu var med på dopet, sade jag och blev fundersam.

- Jo, och han fick jobb också, hos gruvbolaget. Vad jag vet så jobbar han fortfarande för gruvbolaget Aurum West. Och vad jag har hört så har de visst hittat nya guldfyndigheter nära byn Aurum. Ja, byn finns ju inte kvar mer. Men om det vet du säkert mer än jag. Ni var ju själv på platsen. Eller hur?

- Jo... Men misstänker ni att gruvbolaget kan ha något med byns öde att göra, frågade jag i viskande ton som om någon skulle ligga på lur och lyssna.

- Vad tror ni själv? svarade redaktör Borgia tillbaka. Vad tror ni själv?

Ja, vad trodde jag själv. Militärerna skyllde på rebellerna. Men vad skulle rebellerna vinna på en sådan avskyvärd handlig. *Cui bono?* Vem har fördel av att en hel by försvinner? Och vem äger marken om det nu skulle visa sig finnas guld där? Många var frågorna på min väg till Corazon Zatana. Jag hade ingen adress till Emilio, men väl en adress som gick till hans farmor. Så det var dit jag styrde kosan.

Väl framme vid Corazon Zatanas hus blev jag bryskt stoppad av en gendarm. Han frågade mig om jag tillhörde de sörjande. På min fråga vem som hade dött skakade han bara på huvudet och föste iväg mig. Så jag gick därifrån med fler frågor än svar. Vem hade dött? Var det Corazon Zatana, eller hennes sonson Emilio? Vad är det som händer?


Vart skulle jag nu gå? Jag kunde inte gå till Carminas föräldrar, för på frågan om var jag kunde hitta dem hade redaktör Borgia svarat:

- De tillhör de försvunnas skara. Många försvann under inbördeskriget. Några försvann utomlands, de som hann fly. Andra fängslades eller... Ur redaktörens ögon kom då en tår då han nämnde att många av dem var kolleger till honom.


Jag gick bort till kyrkogården, men där blev jag bryskt bortschasad av militärer. Så jag återvände till

Missionsbyn och berättade för fader Luka vad jag hade fått reda på och vad jag hade varit med om.

Bara några dagar senare fick jag det sorgliga beskedet att min bror hade dött. Fraktfartyget som han hade jobbat på hade kört på en mina och sjunkit. Min bror och några få besättningsmän hade lyckats komma i en livbåt. Men det var för sent. Min bror dog av skadorna han hade fått av explosionen. Jag reste hem till Norden för att begrava min bror.

Mina föräldrar grät på begravningen. Mor mest. Det var på begravningen som jag för första gången träffade min brors fru, Flora och barnen, Callisia, fyra år och Roisin som skulle fylla åtta till hösten. Jag förstod varför min bror hade gått och gift sig med denna skönhet i så unga år.

Då tänkte jag inte så mycket på att hon inte såg "nordisk ut". Nej de tankarna kom först senare.

Innan jag for hem hade jag tagit kontakt med fader Luka och berättat för honom om min situation. Och så hade jag letat upp fotografen Eduard Durante som fortfarande var kvar och fotograferade i flyktinglägret. För honom berättade jag om min brors död och att jag letade efter en familj vid namn Como (Jag berättade inte för honom att det eventuellt kunde röra sig om grabben Orfhans föräldrar. Det behöll jag tills vidare för mig själv, som jag lovat fader Luka). Och jag frågade om han kunde hjälpa mig lite med att hålla öron och ögon öppna medan jag var borta.

Eduard lovade höra av sig om det dök upp något. Och det gjorde han, hörde av sig. Fjorton dagar efter begravningen damp det ner ett brev.

Syster Lilly torkade bort svettpärlorna som hade bildats på Jims panna och fuktade varsamt hans torra läppar. När hon rättade till kudden och täcket märke hon att han hade somnat. Hon drog ett långt djupt andetag genom näsan och lät dofterna smeka luktsinnet. Hon hittade ingen doft av råtta, varken levande eller död. Sjukhus, tänkte hon. Sjukhus, det luktar sjukhus.

Brevet från Eduard Durante. Det var där vi slutade berättelsen. Men det var brevet som fick mig att förstå att det var nu allt började.

Eduard Durante skrev i sitt brev att han hade fått besök av Alfredo Como. Herr Como hade en dag dykt upp vid flyktinglägret och frågat vad Röda Korset ville honom. Ingen i lägret visste något om den saken. Men Eduard Durante var inne hos lägerchefen då Alfredo Como dök upp och kunde berätta för honom att det var jag som var den person som letade efter honom, och att han själv inte visste vad saken gällde. Eduard Durante hade givit Alfredo Como min adress, men något brev hade jag inte fått.

Veckorna gick och jag hörde inget från honom. Det var inte mycket jag kunde göra mer än att skriva till lägret och till Eduard. Journalister som Eduard Durante kan känna lukten av en story. Han skrev tillbaka och undrade varför jag var så intresserad av poeten Alfredo Como. Jag förklarade för honom att det egentligen var fader Luka som sökte information om herr Como och att jag bara hjälpte honom. Och om han ville så kunde han vända sig direkt till honom.

Jag skrev också till fader Luka och informerade honom om situationen. Att Eduard Durante hade mött Sebastians far, men att han tappat kontakten.

Året gick och i maj 1945 slöts freden. Ett andra världskrig var över.

Röda Korset skickade ut mig på nya uppdrag, men arbetsuppgifterna var desamma; att hjälpa och bistå människor i nöd. Och många var de länder som var sargade av krig.

En dag i början på maj månad 1951, fick jag åter ett brev från Eduard Durante. Han skrev att han befann sig i Nordlandet för att ge ut en bok. Han skrev att han hade hittat en artikel i en tidning som nog skulle intressera mig. Artikeln handlade om Alfredo Como och rebelledaren Gasparo Burana och deras flykt till Nordlandet där de hade fått asyl. En artikel som han bifogade med datumet, 23 april 1951 skrivet med blyerts uppe i högra hörnan.

Nu visste jag att Alfredo Como levde. Och jag visste att en person till måste få veta. Om han inte visste det redan. Hans son.

Så jag satte mig ner och skrev ett brev till fader Luka där jag berättade att Sebastians far levde och att han befann sig i Nordlandet.

# KAPITEL 22

## BIBLIOTEKET
### Filosofiavdelningen

**Den gamle mannen** ryckte till, flöt upp till ytan, återvände till nuet. Minnet tog en paus medan den grå massan, vilade, väntade på att åter få stå i fokus.

- Ursäkta, men ni tappade den här!

- Öh va? Vadå? Gjorde jag? sade den gamle och försökte orientera sig.

Han satte sig upp och såg att den finnige ynglingen stod framför honom.

- Jo ursäkta herrn, men jag tror att den här är er, sade pormasken och höll fram ett gammalt slitet häfte. Den gamle mannen tittade på häftet och sedan på ynglingen som stod framför honom. Han kände efter i sin rockficka och märkte att den var tom. Han tackade den finnige ynglingen som presenterade sig som Jim Jr och frågade om han kunde få bjuda på en kopp te som tack för hjälpen.

Den finnige var först osäker och tveksam, men när han såg ögonen, den gamle mannens ögon, så tackade han ja.

Den gamle mannen hade efter att de suttit och småpratat en stund frågat Jim Jr om han ville höra en historia. Det ville han gärna.

Den gamle mannen samlade sina tankar, tittade på ynglingen som nu såg lugn och avslappnad ut. Han log varmt åt den finnige unge mannen och så började han  berätta om dagen då han följde med sin far för att valla får. Han var åtta år...


( c:a två timmar senare )


- Så fader Luka dog? frågade den finnige och tittade på den gamle mannen.

- Ja. Jag var i din ålder, femton, då han gick bort. Tänk dig att vara femton år och få reda på att du inte är du, utan någon annan, sade den gamle till den finnige som satt tyst och lyssnade. En far och mor som man älskade skulle visa sig vara "oriktiga" föräldrar. Och att ens kött och blod hade ett annat ursprung, ja, en annan källa. En källa som man ej fick dricka ur som liten. Och tänk dig att stå vid fader Lukas grav och läsa raderna där han skrev att man är ett hittebarn. Ett barn vars mor och far hade övergivit. Även om det var med bästa uppsåt så fick det mig att gråta av förtvivlan. Och en svindel kom över mig så att jag var tvungen att sätta mig ner och luta mig mot fader Lukas gravsten. Existensångesten slog sina klor i mig som ett rovdjur. Då grät jag och förbannade Gud.

- Vad skrev fader Luka i sitt brev till dig? frågade den finnige som nu hade blivit riktigt nyfiken. Han hade lyssnat på den gamle mannen i drygt två timmar.

Den gamle plockade fram ett brev som låg instoppat i en sliten, svart anteckningsbok i skinn.

- Han skrev:


" Käre Orfhan! Eller ska jag säga käre Sebastian? Jag vet inte vad som är bäst för dig att veta, men jag måste berätta och rädda min själ. Herren kallar på mig och tiden är knapp. När du läser dessa rader är jag redan borta.

Mitt liv har varit en enda lång väg av botgöring för mina synder. Den största synden var när jag i unga år lockades av guldets förblindande skönhet. Ja, jag var i din ålder, lite äldre, nitton år, naiv, och kär. Det blev min faders död.

Min far var arkeolog och han hade enligt honom själv hittat "Pizarros guld" när han höll på med utgrävningar vid Uxmal-Cuzco. Du känner till legenden, historien om Pizarro och om guldet. Du har läshuvud och du har varit en god elev. Det verkar ligga i blodet. Nåja, i alla fall så dog min far på grund av guldet som han hade grävt upp. Han blev mördad, av mig. Inte av mig personligen, men skulden är min och den har följt mig under alla år. Så här var det:

En kväll smög jag och min bror oss in på museet genom en källardörr som ingen trodde var i bruk. Förr hade den nämligen varit igenspikad. Vi tänke bara skoja lite med far.

Men vi hittade inte far någonstans. Så vi delade på oss och  gick för att leta efter honom. Jag hittade fars arbetsrum, och guldet, men ingen far. Efter en stund kom min bror in i rummet askgrå i ansiktet. Jag frågade om han inte mådde bra. Han skakade bara på huvudet och ställde sig bredvid mig. Vi båda stod en stund och tittade på guldet som låg och glimmade, lockade.  Det var som om guldmynten skrek till oss svaga själar:

-Kom och smek oss! Ta oss! Förgyll din tillvaro! TA OSS!   Och min bror mumlade något som lät som "nu djävlar" och så tog han en näve guld. Jag tog ett guldmynt och sedan sprang vi därifrån.


Jag har inte berättat för dig om min lillasyster. Hon hette Stella och blev inte mer än fjorton år gammal. Hon gick och hängde sig. Först trodde vi att hon hade blivit mördad. Och på sätt och vis blev hon det. Hon var gravid. Någon hade gjort min lillasyster gravid. Det var min bror som hittade henne. Hon lämnade ett avskedsbrev där det stod att hon inte orkade mer och att hon var ledsen. Detta hände bara några veckor efter det att jag och min bror hade varit på museet och stulit guld. Pizarros guld.

Det var då jag för första gången kom att tänka ordentligt på det här med förbannelsen. Pizarros guld och förbannelsen som följde med den. Det var första gången i mitt liv som jag blev riktigt rädd. Nitton år och vettskrämd.

Min systers begravning var vacker. Så mycket blommor och så många vänliga ansikten hade dykt upp. Alla utom biskop Roche IV. Han hade vägrat att jordfästa henne. Kallade min syster för en självmörderska. Det var en synd, hade han sagt. Men fader Ignatius struntade i vad biskopen tyckte och begravde henne på Sankt Mikaels kyrkogård.

En dag när jag och min bror följde med far och en kollega till honom, en professor Carl Orf på vandring upp i bergen för att leta efter Pizarros guld, så försvann professor Orf. En morgon så var han helt enkelt borta, försvunnen. Far berättade senare för polisen att professorn troligen hade blivit besatt av silverflöjten och helt enkelt tagit den för att själv gå och leta efter skatten. Det var den officiella versionen. Men jag hade hört far och proffessor Orf bråka kvällen före försvinnandet. Hade far något med "försvinnandet" att göra? Jag vet inte.

Guld kan få män att tappa både huvud och förstånd. Eller var det förbannelsen som hade slagit till?

En kväll visade jag stolt upp guldmyntet som jag hade stulit på museet för min flickvän Felicia och hennes bror Hugo. Och några dagar senare, då far jobbade sent blev han mördad. Knivhuggen till döds. Rånmördad. En vakt hade känt igen en av de tre rånarna som Chef Koda, kompis till min bror. Två av rånarna hittades senare skjutna i Nevaöknen. En av dem var min flickvän Felicias bror, Hugo. Han hade blivit besatt av guldmyntet som jag hade visat för honom och Felicia. Det är därför som jag tar på mig skulden för fars död. Jag tror att det var Chef Koda som knivhögg min far. Jag har inga bevis, men Jasmina och Ovis Ammon, ja din mor och far hade i sin ägo en stor del av det stulna guldet. Guldet som din mor Jasmina och en viss herr Molok hade stulit från Chef Koda. Guldet med sin förbannelse. Då visste jag inte att din mor var dotter till den ökända banditen. Det berättade hon långt senare för mig.

Några dagar efter fars begravning städade mor och jag ur hans arbetsrum. Vi hittade allt möjligt som tillhörde museet; pilspetsar, lerskärvor, pergamentrullar, träfigurer och masker. Vi lämnade tillbaka allt till museet.

I fars kassaskåp hittade jag bleckskrinet och en dagbok. Det var min systers dagbok. Vad gjorde den i fars kassaskåp? Jag hann knappt öppna den förrän mor tog den ifrån mig med orden: - Pojkar ska inte läsa flickors dagböcker.

Efter den dagen hörde jag alltid mor gråta sig till sömns.

Guldmyntet som jag hade stulit sände jag anonymt till fru Orf. Jag tänkte att hon nog kunde ha mer nytta av guldmyntet, ensam som hon var med två barn att försörja. Jag tänkte då inte på att jag hade lämnat över en förbannelse på tre helt oskyldiga individer. Och min ånger över detta skulle växa med åren.

Vad jag inte har berättat för dig är att din mor, Jasmina födde en dotter, Agnes. Hon dog efter bara några dagar. Jasmina hade kommit ner till byn för att begrava Agnes. Och det var då hon fick syn på dig där du låg i din korg. Din biologiska mor hade lämnat dig i en korg som kom till mig genom Guds nåd. Du var bara några månader gammal och i behov av en amma. Så Jasmina tog hand om dig och jag tog hand om guldet. Hon ville inte ha med det att göra. Förbannelse eller ej, så ville hon inte ta risken. Risken att förlora dig också. Guldet gjorde jag mig av med. Det är borta. Förhoppningsvis för all framtid.

Silverflöjten behöll din far. Din far Ovis Ammon var i blodet Mondialindian och för honom betydde nog silverflöjten en hel del. Kanske var den för honom en andlig vägvisare till det förflutna, ett arv efter sina förfäder mer än som en guide till guld och rikedomar. För vad jag vet så varken frågade eller sökte han efter något guld. Men jag vet att han äls-

236

kade dig och att han var en baddare på att snida trä-flöjter. Att Jasmina var Chef Kodas dotter berättade hon som sagt för mig långt senare. Då visste jag inte heller att du var poeten Alfredo Como och hans hustru Carminas son. Ringen som ligger i bleckskri-net är din. Den har tillhört din biologiska far, Alfredo Como.

Du undrar säkert om jag vet något om dina nya föräldrars öde. Svaret är att jag inte vet så mycket mer än att din far satt inspärrad under kriget och att han senare blev frigiven. Och det jag vet har jag fått reda på av Jim från Röda Korset och journalisten Eduard Durante. Och enligt Durante så satt din mor på hospitalets psykiatriavdelning. Och att hon sedan försvann därifrån en dag sommaren 1944. Samma dag då din far blev frigiven.

Jag tror att Devo Zatana är far till Belladonna, min adoptivdotter. Belladonnas mor jobbade som hembiträde hos honom. Och jag tror att Devo utnytt-jade henne. Fader Ambrosius berättade för mig att hon en dag i kyrkan skrikit: "Jag hoppas att familjen Zatana får brinna i helvetet för vad de har gjort med mig." Och efter det gick hon och dränkte sig. Strax efter den episoden skickades Emilio utomlands för att studera. Belladonna vet ingenting om detta, bara att hon är adopterad. Och att hennes mor drunknade när hon var liten.

Jag vet inte vad du ska göra med informationen som du har fått i en kort version här i brevet. Om du vill veta mer så har du bleckskrinet som bl.a innehåller; din fars ring, min svarta anteckningsbok, mina dagböcker och en del brev. Ett är skrivet av din far till din mor. Det andra är från fader Ambrosius där han ber mig om hjälp. Hjälp med att rädda dig och din mor från "onda män". Jag hoppas att jag inte har svikit honom för mycket.

Jag vet inte om jag har hjälpt eller stjälpt dig med vad du har fått reda på. Men jag tror att sanningen förr eller senare ändå hade kommit ikapp oss, och att den kommer från mig gör att jag kan få ro. Vad du än gör från och med nu så kommer det att följa dig resten av livet. Var inte ond eller bitter. Gud har en plan även för dig.

*Dominus tecum*

fader Lucretius "Luka"


P.S Eduard Durante har skickat mig en tidningsartikel som visar att din far är i livet. Den finns bland mina anteckningar. D.S"


- Wow! sade den finnige. Det var inte småpotatis det inte.

- Wow, det kan man säga.

- Och vad gjorde du sedan då?

238

- Jag försökte smälta det jag hade läst. Jag tuggade, bearbetade och svalde.  Det var så mycket... En identitet skulle bytas ut mot och en ny. Vem var jag och vem skulle jag bli? Först förlorade jag min familj i en massaker. Sedan fader Luka som hade varit som en  far för mig. Och nu hade jag plötsligt fått en ny familj vars existens jag inte visste någonting om. En existens som var lika främmande för mig som planeten Mars. Snacka om att jag då var förbannad på Gud. Vad ville Han mig? Varför utsätta en grabb för allt detta? Då hatade jag Honom för att ha tagit allt som stod mig kärt. När jag blev äldre så blev jag klokare. Det var inte Gud som tog, det var människorna.

- Men, du försökte. Jag menar, du försökte väl hitta dina nya föräldrar? Du var ju bara femton år. Vem skulle annars ta hand om dig, sade den finnige.

(en liten paus medan den gamle funderade)

- Belladonna tog hand om mig. Det gjorde hon också  då fader Luka låg sjuk. Han hade varit sjuk en längre tid och när han inte orkade sköta missionsskolan längre tog Belladonna över verksamheten. Hon ville att skolverksamheten skulle leva vidare. Och missionskyrkan. Hon hade ett varmt och gott hjärta, det lilla livet. Ja, i hela sitt alltför korta liv. Hon gick bort sommaren 1960 blott trettiosex år gammal. Det är konstigt att det alltid är de goda som går en för tidig död tillmötes.

- Vad hände, frågade den finnige.

- Kriget, vårt eget, slutade för länge sedan, men det skördar fortfarande sina offer. Många år efter fortsätter det att döda och lemlästa folk. Minor och blindgångare ligger begravda och "bortglömda". De vet ingenting om fredsavtal. De bara briserar, skiljer varken på vän eller fiende, gammal eller ung, Belladonna eller någon annan. En trampmina tog hennes liv.

Den finnige satt tyst och stirrade häpet på den gamle. Han visste inte vad han skulle säga. Allt verkade så overkligt.

-Jo, jag letade. Jag gick igenom fader Lukas brev och anteckningar för att  se om där fanns några ledtrådar, adresser eller något annat som kunde hjälpa mig i mitt sökande. Jag hittade en adress till Jim, han som jobbade för Röda Korset och en notering om att han hade rest hem. Och jag hittade även tidningsurklippet som fader Luka berättade om i brevet. Det var en artikel som handlade om "Alfredo Como och Gasparo Buranas flykt till Nordlandet". En artikel som fader Luka måste ha fått sänd till sig strax innan han dog, eftersom den var daterad 23 april 1951.

- Så då var din far i livet?

- Ja, min "nya" far var i livet. Jag i missionsbyn och han i Nordlandet. Ett avstånd som kändes som en hel evighet. Men det var då jag bestämde mig. Jag skulle ge mig av. Jag skulle tag mig norrut, till Nordlandet. Och en viss Chef Koda skulle hjälpa mig.

## DEN GAMLE OCH RESAN
(November 1951)

Jag var som sagt bara femton år gammal och mycket vilsen, i både tanke och plats. Jag hade tidigt på morgonen sagt adjö till Belladonna och packat en ryggsäck med bara det allra nödvändigaste. Fader Lukas brev och anteckningsböcker hade jag givetvis tagit med mig. Likaså artikeln med en bild på tre personer.

Fastän vi var i mitten på november månad så värmde solen fortfarande. Jag fick efter bara några timmars vandring sätta mig ner i skuggan av ett träd för att svalka mig.

Jag hade kommit lite ur kurs, men visste att om jag bara följde bäcken norrut så skulle jag så småningom komma fram till foten av Mandrakeplatån. Men hur skulle jag hitta Chef Koda och hans smugglargäng? eller skulle de kanske hitta mig... och vad skulle hända då? Och levde överhuvudtaget Chef Koda? Han måste ju vara över sjuttio år vid det här laget. Jag funderade inte så mycket på det. Det var inte någon mening. För även om jag inte hittade eller fick hjälp av Chef Koda var jag ändå tvungen att gå norrut för att ta mig över gränsen om jag ville komma till det nya landet som var lika okänt för mig som planeten Mars.

Jag tog min herdestav och ryggsäck och begav mig uppför berget. Det hade blivit natt och jag lade mig i en bergsskreva för att sova. Det väckte minnet av natten då jag låg och sov tillsammans med ett dött lamm. Natten var kall och jag sov oroligt. Och när gryningstimman slog blev jag väckt av att en skäggig man med gevär stod lutad över mig. Han grymtade något om att jag skulle resa på mig och följa med. Jag följde med.

## CHEF KODAS LÄGER

- Vad gör en parvel som du i de här bergen? Vet du inte att det här är farliga trakter? Och ensam till på köpet. Du måste antingen vara en idiot med dödslängtan eller vara så desperat att utgången av ditt handlande är dig egalt, sade den sjuttioett årige Chef Koda.

Jag tyckte han såg ovanligt pigg ut för sin ålder, Chef Koda, där han satt på äkta handknutna mattor. Kanske var de vävda av min mor. Jag såg att vind och sol hade satt sina fåror i ansiktet på honom. Men ögonen såg pigga ut och tillsammans med en kraftig potatisnäsa gav de banditen ett respektfullt ansikte.

- Jag letade efter er. Jag vill att ni hjälper mig över gränsen, sade jag nervöst och såg mig omkring. En man stod och letade igenom min ryggsäck.

- Och varför tror du att "jag" vill hjälpa dig med det, sade Chef Koda och log ironiskt.

- Jag tänkte, kanske på grund av att jag kände din dotter.

- Jasmina?

- Ja, Jasmina. Min mor.

- Min dotter? Jasmina. Men hon är död. Hon fick inga barn. Borgmästarjäveln tog död på henne. Och jag tog död på honom. Hur vågar du påstå att...

Här blev vi avbrutna av mannen som hade stått och rotat igenom min ryggsäck. Mannen viskade något i Chef Kodas öra samtidigt som han räckte över något. Jag såg att det var fader Lukas brev.

Under tiden Chef Koda läste brevet var det alldeles tyst i tältet. Man skulle ha hört en knappnål falla, så tyst var det.


- Fader Luka var en bra man. Men han hade fel i mycket, sade Chef Koda efter att han läst brevet. Visst tog jag guldet, men jag mördade inte hans far. Han var redan död då jag, Devo och Hugo kom till museet den kvällen. Vi hittade honom med en kniv i bröstet. Och sidan om honom på golvet låg det en död vakt. Plötsligt dök den andre vakten upp och började skjuta mot oss. Vi sprang därifrån. Dagen efter fick jag reda på att jag var efterlyst för rånmord. Vakten som hade skjutit mot oss hade pekat ut mig som den skyldige. Därför flydde jag upp i bergen. Om vi var oskyldiga, vem var då den skyldige? Vi gissade på vakten och det skulle visa sig vara korrekt. Devo och Hugo hade honom under uppsikt en längre tid. Och när vakten en dag packade och gav sig av med guldet följde vi efter. Han var på väg norrut, mot Nevaöknen. Det var där jag sköt honom. Varför inte, jag var ju redan efterlyst för rånmord. Vakten och Hugo dog i eldstriden som uppstod. Vi grävde ner guldet i öknen. Vi skulle hämta det senare när allt hade lugnat ner sig. Kan du tänka dig, nästan tvåtusen mynt i renaste guld, nergrävda ute i öknen, vaktade av ormar och skorpioner. Vad var inte mer passande för ett guld med rykte om sig att ha döden i sitt släptåg.

Tiden gick och jag tog kontakt med Devo, men han ville inte ha något med guldet att göra så jag grävde upp guldet och behöll det för mig själv.

Jag fann silverflöjten några månader senare... och liket efter den där professorn som fader Luka nämnde i brevet. Sebastian Zatana var nog skyldig. Eller var det en olycka? Eller var det Atahuas förbannelse. Man kan aldrig vara säker. Kan man?

Konstigt förresten nu när jag tänker efter. Jag har varken pratat med honom eller träffat honom sedan den dagen då vi grävde ner guldet. Devo alltså.

Och så dyker han upp efter alla dessa år. Lustigt, han var här i går och lämnade över ett paket till mig.

( vid matbordet)

- Så Jasmina flydde från borgmästarjäveln. Och hon sade inget till mig. Jag kunde ha hjälpt henne. Hon trodde väl att jag var arg på henne. Klart jag var arg! Hon tog mitt guld och stack med min kompanjon, tokan. Och inte ett ljud ifrån henne under alla dessa år.

Och så bodde hon så nära... i Aurum, och jag visste inget. Hade jag bara vetat, då... så kanske... kanske jag hade kunnat rädda henne... och byn.

- Vet du vad som hände? Och vilka som gjorde det?

- Jag hade en grupp män ute på spaning den kvällen. Borta vid gruvområdet. Vi brukade hålla ett öga på dem och deras guldtransporter. I alla fall så rapporterade de till mig att de hade sett milismän ge sig iväg. Vi tänkte att vi kanske skulle ta och råna gruvbolaget när nästan hela vaktstyrkan var borta, men det gjorde vi inte. Mina män höll sig på avstånd och observerade. Hela natten. De kom tillbaka i gryningen, milismännen, med en massa får. Vi tyckte det var konstigt att de hade skickat ut milisen bara för att införskaffa får. Senare hörde vi vad som hade hänt byn. Fåren måste ha kommit därifrån. Det var kanske t.o.m. dina får, sade Chef Koda och nickade åt min herdestav.

Jag berättade för Chef Koda om mina uppväxtår med hans dotter Jasmina, min mor. För hon var min mor, inte genom blodet men genom modersmjölken.

- Så, min dotter adopterade dig.

- Ja, enligt fader Luka bytte hon ett dött barn mot ett som levde. Mig. Kanske trodde byborna  att jag var barnet som hon hade gått med till fader Luka. I vilket fall som helst så var det ingen som sade något.


Det blev kväll och vi drack te i Chef Kodas tält. I tältet satt också Chef Kodas sonson Attila, nitton år gammal men såg redan ut som en vuxen karl.

Chef Koda studerade bilden och läste notisen som  journalisten Eduard Durante hade skickat och som hade legat ihopvikt i fader Lukas anteckningsbok.

- Du säger att du inte känner igen någon av personerna på bilden?

- Har aldrig sett dem förut.

- Jag kan berätta för dig att mannen till vänster i bild är din far Alfredo Como. Mannen som står bredvid är Gasparo Burana, rebelledaren som många trodde var död, utom jag. Mannen till höger vet jag inte vem det är. Men han verkar bekant på något vis.

Det går många rykten om Gasparo och hans män och vad de gjorde under kriget. För många är han en hjälte och för andra är han "mannen som förlängde kriget och lidandet". Personligen tror jag att han är en man som går efter sin övertygelse. På gott och ont. Inte är han Guds bästa barn. Men vem är det? Men det kan du själv få avgöra om du vill. Attila, min sonson kan ta dig till honom, i morgon. Gasparo har kommit tillbaka och befinner sig nu i bergen. Han pratar om att skapa en ny brigad, en starkare och bättre. Och denna gången tror jag att han kommer att lyckas, sade Chef Koda och tittade lurigt på mig som om han visste något mycket hemligt. Som om han hade sett in i framtiden och...

Själv kom jag att tänka på hemliga vapen... som bomben. Jag hade hört talas om bomben... den fruktansvärda bomben som hade använts under det stora kriget.

- Och i så fall kan nog din morbror Gasparo hjälpa dig med att komma i kontakt med din far, sade Chef Koda och reste på sig. Men innan jag önskar dig god natt så har jag en fråga.

- Ja, visst. Om jag kan svara så...

- Vet du var fader Luka grävde ner guldet någonstans?

# KAPITEL 23

## DE RÖDA PAMFLETTERNAS BRIGAD

**På morgonen nästa dag** packade vi för avfärd. Jag, Attila och Paco kände oss redo. Paco är en av världens bästa spårare och bergsklättrare, hade Chef Koda sagt då vi stod vid packåsnan redo för avfärd. Och han skulle få rätt. Paco kunde berget som om det voro hans egen bakgata, och det var det ju också på sätt och vis. Uppvuxen med berget som lekplats och med naturen som lekkamrat. Han kunde namnen på alla djuren som levde här och vilka dofter som tillhörde vem. Vilka bär och rötter man kunde och inte kunde äta.

På andra dagen av vår vandring bland grottor och smala, branta stigar knäckte jag min herdestav. Den hade fastnat i en skreva och en liten bit längst ner hade gått av, men det mesta och det snidade indianhuvudet hade klarat sig.

På tredje dagen  hade jag så många blåmärken och skrubbsår på armar och ben att jag hade börjat undra om vi överhuvudtaget skulle komma fram. Paco hade nu dragit ner på takten och stannat upp flera gånger för att lyssna, sniffa, och känna av omgivningen. Det var som om han hade fått upp vittringen på något. Men vad?

- Soldater, sade han.

Soldater. Det var soldater, men det var inte några av "de våra". De vi såg från vårt gömställe kom från Nordlandet och tillhörde gränspatrullen. Och det såg ut som om de letade efter något eller någon för de tittade och petade med sina bajonettförsedda gevär bland buskar och klippskrevor.

- Kom, vi går vidare, de är borta, sade Paco och drog upp åsnan på benen. Vi måste gå mer åt öster, till treriksgränsen. Det är där de har sitt läger.

Det var tack vare månen som vi upptäckte männen. Männen som stod på vakt utanför vad som såg ut som en grottöppning. Attila plockade fram sin ficklampa med rött filter och började signalera till männen. När allt verkade vara okej gick vi fram och presenterade oss. Jag presenterade mig som Orfhan Ovis Ammon. Efter att ha fått en armbåge i njurtrakterna av Attila lade jag också till Sebastian Como. De frågade vad vi gjorde i dessa trakter och Attila svarade dem lugnt och sakligt att vi sökte Gasparo för att få hjälp med att hitta min far, så att jag kunde återförenas med honom. Männen skrattade och sade något om att deras ledare hade viktigare saker för sig än att leka barnvakt. Attila gick då fram till den som verkade ha befälet och sade:

- Åjo, jag tror nog er ledare vill träffa sin systerson. Tror inte ni?

Lägret låg i en grön sänka omgärdat av träd vars blad och kronor bildade en grön kupol som omslöt lägret. Det var så gott som omöjligt att se lägret från ovan. Det som förvånade oss mest när vi kom fram till lägret var att det var så tyst och öde. Som om det var övergivet. Som om alla hade gått upp i rök. De kanske sover, tänkte vi. Men var i så fall? Vi såg inga barracker eller tält som kunde rymma alla de män som man förväntar sig ska finnas i ett rebelläger.

Det var något som inte stämde. Bilden av ett rebelläger. Det stämde inte. Visst var det mörkt, natt och knappt någon belysning. Förutom månen som svagt trängde igenom lövverken fanns bara en fotogenlampa som hängde och lyste svagt framför ett tjugomannatält. Visst kunde vår bild av verkligheten vara förmörkad av för dålig upplysning. Kanske var allt bara en illusion.

Mannen som kom ut ur tältet såg yngre ut än sina fyrtiotvå år. I handen höll han en trasa som en gång i tiden varit vit men som nu var lika svartfläckig som mannen var både i ansiktet och på händerna.

- Ursäkta att jag inte tar er i hand, sade mannen och torkade sig i pannan med trasan. Det är trycksvärta. Kom in! sade mannen och höll upp tältfliken.

Det blev trångt i tältet eftersom den stora tryckpressen tog upp det mesta av utrymmet. Vi stod och stirrade på det stora monstret som flåsade och frustade som en järnhäst och spottade ut trycksaker som om de vore spottloskor efter en tuggbuss.

- Vi har lite inkörningsproblem, men de ska snart vara lösta, sade mannen med trycksvärta och gick fram till en man som stod lutad över maskinen med en stor skiftnyckel i handen.

- Här är mannen ni söker, sade han  och pekade på mannen med skiftnyckel som nu hade rest på sig.

Han var inte stor, men man kunde se på det sätt nättröjan spände över bröstet  att han hade muskler, inget onödigt fett,

När jag tänker på det nu i efterhand så var hans ansikte nästan en kopia av Che Guevara. Detta var alltså självaste Gasparo Burana, rebelledaren. Han bad oss sitta ner vid ett litet bord som stod precis innanför ingången. Attila tog fram paketet som han hade fått av sin farfar och lämnade över det till Gasparo.

- Vad är det här, undrade Gasparo och tittade nyfiket på skrinet.

- Det är en gåva från Devo Zatana. Han sade att sanningen ligger begravd här i och han vill att ni ska trycka den, svarade Attila och log.

- Sanningen?

Gasparo satte sig ner. Han öppnade paketet och såg sanningen i vitögat. I paketet fanns dokument , kontrakt och fotografier, förhörsprotokoll och avlöningslistor. Ja, här fanns bevisen på att regeringen, milisen och gruvbolaget hade varit inblandade i korruption av stora mått. Och till utplåningen av en hel by. Gasparo tog fram ett av förhörsprotokollen och läste:


PROTOKOLL

Förhörsprotokoll: #001# #dat: 27 juli -44#
#diarenr: 4427#  #refgrupp DZ#
Förhörsledare: Överste Antonio Sulla
Vittne: Menig Oliver Plebs  #1918/04/04#
Vid protokollet: Kapten Emanuel D Bravo


Sulla: - Jaha, då möts vi igen, menig Plebs. Och nu är du här som vittne och ska berätta för mig, vad du såg och hörde natten till den 13 maj i år då du jobbade i gruvan.

Plebs: - Jo, jag vet inte...

Sulla:- Jag vill att du berättar vad du vet om milisen och om det som hände i byn Aurum. Det var visst du som tog hand om fåren?

Plebs:- Jo, det var väl det...

- Så du säger att du är min systerson, Sebastian, sade Gasparo och gav mig en neutral blick.

- Ja, om man ska tro vad fader Luka skriver så... så är jag nog det.

Jag tog upp och visade brevet som jag hade fått av fader Luka. Även brevet som Alfredo hade skrivit till Carmina visade jag för Gasparo. Jag visade honom också signetringen som en gång hade tillhört Alfredo Como. Den hade jag haft i en läderrem runt halsen. Jag tog också fram guldkorset som fader Luka hade fått av Jim och räckte över det till Gasparo.

- Jag tror att det här är ditt, sade jag lite blygt och tvekande.

- Var har du hittat den här, undrade Gasparo.

Jag berättade för honom om Jim och om Röda Korset  och att det hade varit han som hade hittat korset i byn dagen efter massakern.

- Massakern ja, sade Gasparo och tittade på guldkorset  som en gång i tiden hade hängt runt hans kärestas hals. Hon skulle vänta på honom, hade hon sagt.  Hon hade väntat förgäves. Han knöt handen runt korset och svor för sig själv.


- Vad tror du, är han vår saknade släkting, eller? frågade Gasparo och tittade allvarligt på mannen som var täckt av trycksvärta.

- Kanske, det låter trovärdigt. Om brevet från fader Luka är äkta så. Och visst är han lik Alfredo, sade mannen med trycksvärtan.

- Jag tycker nog att han mer är lik Carmina, sade Gasparo och log.

Själv satt jag, Attila och Paco och stirrade oförstående på varandra. Jag undrade vad han menade med ”vår” saknade släkting.

- Jag tror att du nu kan presentera dig, sade Gasparo och tittade på mannen som var täckt av trycksvärta.

- Aragon, mitt namn är Aragon. Aragon Como, jag är din farbror.

- Är du skådespelaren och trubaduren Aragon Como, frågade Paco och tittade nyfiket på mannen som sade sig heta Aragon.

- Ja, det är jag.

- Jag trodde att du var död, skjuten, mördad av gendarmerna, sade Paco och glodde osäkert på mannen.

- Jo, jag blev träffad  i axeln och föll ner i hamnbassängen, men jag lyckades ta mig bort till en gammal skorv där jag gömde mig.

- Men hur...?

- Hur kunde jag klara mig, undrar du. Aragon tittade på Paco.

- Ja. Alla trodde att du var död.

- Jag hade tur. Och vänner. Mer kan jag inte säga.

254

Medan Gasparo förde oss till en plats där vi kunde sova, återvände Aragon till tryckpressen.

På morgonen kom Gasparo och två av hans män och väckte mig. De skulle ta mig norrut, över gränsen till Nordlandet. Jag sade adjö till Attila och Paco. De hade gjort sitt och skulle nu bege sig hemåt. Jag frågade Gasparo under vår färd mot gränsen vad de skulle använda tryckpressen till.

- Pamfletter! Vi ska sprida vårt budskap med hjälp av tusen och åter tusen pamfletter! Och tack vare Devo Zatana så har vi nu brännheta nyheter att trycka. Vi håller också på att samla in namnunderskrifter från de stora poeterna, diktarna, författarna, konstnärerna. Och filmstjärnorna. Och många är de som vill ställa upp på vårt upprop mot diktaturen och för demokratin. Och för amnesti runt om i världen för politiska fångar. Vi har i tanke att bilda en internationell organisation som bara ska ha i uppgift att få till amnesti åt politiska fångar.

- Vi är på gång och ingenting kan stoppa oss nu. Enade vi stå! Enade kan vi aldrig falla! De röda pamfletternas brigad har aldrig varit så stark och så tungt beväpnad som nu. Vi ska bomba dem med ord från klarhetens källa!

" La Stada"
November 1951

**Devo Zatana gick** från rum till rum. Han hade inte varit inne i sin moders hus på åratal. Minnena hade varit för starka, då. Men nu, idag, kände han att han var stark nog att ta itu med det som han länge hade skjutit framför sig.

Möblerna var täckta med stora lakan som en gång i tiden hade varit vita. Nu hade allt damm gjort dem gråa och spökaktiga. På väggarna hängde tavlor som hade krackelerat och tappat färgen. Kvar fanns bara nyanser av grått. Som resten av huset, lakansgrått.

Då han var liten hade huset exploderat i färger, värme och skratt. Men allt det hade tagit slut i samma ögonblick som hans lillasyster tog livet av sig.

Och livet för de andra inblandade hade på sätt och vis också tagit slut.

Det hade inte funnits några andra alternativ. Inte då. Gjort var gjort, och han ångrade inget. Han hade gjort vad han då trodde var rätt. Och nu gjorde han vad han nu trodde var rätt. Men för brodern hans hade det inte varit lika lätt. Han hade mer varit lik modern, from och blödig. På sätt och vis hade de båda gjort det tillsammans. Hämnats. Hämnats sin far och syster.

Devo Zatana gick fram till sin mors gungstol och plockade av lakanet, drog fram stolen till det franska fönstret och satte sig ner. Han tittade ut på den övervuxna trädgården. Såg hur höstlöven singlade ner som ballerinor till marken. En sista färgsprakande piruett. Han tänkte på hur de släppte taget, så att trädet kunde leva vidare. Som soldater offrade de sig för något större.

Då, när han var ung hade han också trott på något som var större än honom själv. Men nu. Nu vid sjuttioårs ålder visste han inte riktigt längre vad som var stort. Han hade inte längre några illusioner kvar. Krafterna och ideérna var borta. Och vännerna. Han var pensionär nu. Civil. Och mor Corazon log säkert åt hans försök till klädsmak. Hon satt säkert i sin himmel och läste poesi för Nahua, hans hustru. Hans alltför tidigt bortgångna hustru. Hon hade varit nitton och han tjugoett då de kysstes första gången. Och det utanför hennes föräldrars port. När de gifte sig grät hans mor av lycka.

Så föddes Emilio och allt förändrades. Emilio tog all hennes tid och kärlek. I hennes hjärta fanns det inte plats för honom. Det kändes så. Och fastän han älskade henne, och ville vara henne nära så blev ändå resultatet det att han stannade allt oftare kvar på regementet. Kvällar som helger.

Och när hans hustrun gick bort skyllde Emilio allt på honom. Allt var hans fel. Han hade försummat henne. Han hade inte givit henne den förståelse och kärlek som hon behövde. Emilio hade sagt att han var en kall jävel med ett hjärta av sten. Ord från Emilio som hade sårat honom väldigt djupt.

Ett vakuum hade växt upp mellan dem. Och det i en tid då de båda egentligen behövde varandra. Att Emilio i sitt sökande efter kärlek och tröst  hade sökt den hos hembiträdet hade inte gjort saken bättre.

Och nu var det för sent. Grabben var död. Man hade hittat honom och Jeepen i en ravin.  Olycka eller självmord? Ingen visste. Nu låg han i familjegraven. Snart skulle han själv göra dem sällskap.


Det var snart dags, dags att ta farväl. Han hade bestämt sig. Han skulle göra en resa och det skulle bli den  sista.  Men först skulle han hämta något som hade legat gömt... länge.

Skrinet låg kvar där han hade lämnat det, under golvplankorna i hans gamla pojkrum. Skrinet låg inlindat i en oljeduk. Han lyfte upp skrinet och återvände till sin mors gungstol. Han satt  en lång stund och bara stirrade på skrinet. Han visste vad han hade att göra. En sista och förhoppningsvis god handling så att hans själ kunde få ro. Han tänkte på  mor, på far, på sin bror, sin syster, sin fru, och på sin son. Alla

258

var de döda. Han hoppades få möta dem igen, i en bättre värld.

Devo öppnade skrinet och plockade fram sin systers dagbok. Resten av innehållet lät han ligga kvar. Han kunde den utantill men han slog ändå upp sidan där hon berättade om mannen som hade utnyttjat henne. Hans syster Stella hade haft en kompis vid namn Mary. Mary Orf. Stella hade flera gånger sovit över  hemma hos henne. På en sida i dagboken hade Stella skrivit att Mary ofta ville att hon skulle sova över. I början hade hon inte tänkt så mycket på varför. Men svaret fick hon en kväll då hon sov över. Det blev hennes död och far hade konfronterat professorn uppe i bergen.

Då hade hans far trott att det hade varit professor Orf som hade skändat hans syster. Och han själv hade levt på en lögn ända till sin mors död då han hade hittat dagboken i den öppna spisen. Hon hade försökt utplåna den hemska sanningen med eld. Men dagboken hade klarat sig. Mor Corazon hade inte orkat med att få fyr på brasan. Han hade hittat henne liggandes död på golvet med en ask tändstickor.

I dagboken hade systern skrivit: Han kröp ner i sängen där jag och Mary låg. Han sade åt oss att vara tysta. Annars...

Nu visste han att fadern hade haft fel. Han hade själv gjort egna undersökningar efter det att han hittat och läst dagboken. Stella hade varken skrivit professorns namn eller pekat ut honom som den skyldige. Bara att hon hade varit hemma hos dem och att "Han" hade krupit ner till dem i sängen.

Nu visste han vem "Han" var.

Mary, professor Orfs dotter hade efter många påtryckningar berättat. Det hade varit hennes morbror, Ricardo Montalban som hade gjort dem illa. Han som blev president och sedan mördad. Det var han som hade krupit ner mellan lakanen och skändat dem båda och gjort Stella med barn. På något sätt hade rättvisan hunnit ifatt.

Men inget kunde få hans syster tillbaka, sorgen fanns kvar. Han trodde inte på förbannelser. Pizarros eller någon annans. Han trodde inte heller på att Gud hade kallat hem hans syster. Bara på människans bräcklighet och ondska.

Devo Zatana gick bort till den öppna spisen, slängde in dagboken tillsammans med en brinnande tändsticka. Han stannade kvar och såg till att den blev till sot och aska, den här gången.

Devo Zatana låste efter sig och betraktade huset en sista gång. Han visste att han inte skulle återvända.

Han gick ut genom grinden med ett paket under armen, satte sig i bilen och körde därifrån. En sista resa, till en person som han varken sett eller pratat med på många, många år.

# KAPITEL 25

## (Jim berättar vidare)

**Syster Lilly riktade** mikrofonen så att den kom så nära Jims mun som det bara gick. Jim log. Inte tänkte han dö innan han var klar med sin berättelse:

Våren 1952 reste jag och min brors fru, Flora och hennes två döttrar ner till Nordlandets huvudstad Moria, för att söka upp familjen Como. Vi hade läst om familjens återförening. Så spänningen var stor då vi efter mycket letande äntligen stod utanför familjen Comos dörr.

Alfredo Como bodde högst upp i en trerumslägenhet på boulevard Clichy med utsikt över floden Peiho.

Vi knackade på och väntade. Ingen kom och öppnade. Jag knackade igen, lite hårdare. Efter en stund hörde vi hur en nyckel vreds om. Men ljudet kom från en annan dörr. Det var grannfrun. Hon tittade på oss med kisande grå ögon. Hon var säkert över åttio år gammal. Hon sade något till oss som vi inte förstod. Jag försökte förklara för henne att vi var vänner till herr Como, på tre olika språk, men hon bara glodde oförstående på oss. Då tog Flora fram sitt läppstift och skrev något på en servett som hon också hade plockat fram ur handväskan. Hon räckte över servetten till grannfrun som nu satte på sig glasögonen, de som hade hängt runt hennes hals och vilat mot hennes bröst. Grannfrun tittade på servetten och sade sedan:

- Hospital! hospital, Santa Maria, sade hon och gjorde korstecknet och stängde dörren.

- Vad skrev du på lappen, frågade jag medan vi gick nerför stentrappan.

- Inget speciellt. Bara namnet Como och ett frågetecken, svarade Flora och log.

Vi kom ut på boulevard Clichy och jag gick för att leta upp en taxi.

Santa Maria Hospital var ett gammalt och slitet sjukhus. I fasaden såg man fortfarande spår efter kulor och granatsplitter från kriget. Och i korridorerna såg vi krigsinvaliderna. De satt och stirrade ner i golvet. Som om de kunde tränga igenom golvet bara de satt tillräckligt länge och stirrade. Vi var på väg till block 5, psykiatriavdelningen.

- Det är där inne, rum 27, sade en syster och pekade på en grå dörr. Det är bara att gå in.

Dörren öppnades ljudlöst och lätt. Rummet var enkelt möblerat; ett skrivbord vid ett stort fönster med galler, två pinnstolar varav den ene var upptagen, en säng, en liten byrå och en tavla med bloms-

262

termotiv. En vas med nyplockade tulpaner stod på byrån.

Herr Como satt vid långsidan av sängen och såg på kvinnan som låg där. Han såg trött och sliten ut. Vid hans vänstra sida stod en ung man. Jag såg att det var Orfhan och han tittade som hastigast på oss och hälsade med en nick. Jag nickade tillbaka.

Jag och Flora gick och ställde oss vid fotändan av sängen . Barnen däremot var lite blyga och osäkra så de stannade kvar borta vid dörren. Det var så tyst i rummet så att man faktiskt skulle ha hört om en knappnål föll.

Flora hämtade den lediga stolen och satte sig vid  kvinnan som låg i sängen.

- Carmina, sade hon och strök en hårslinga från hennes panna.

- Carmina, det är jag, din syster, Flores.


- Så din svägerska var Carminas syster?

Jim såg på Lilly med halvslutna ögon. Han nickade med huvudet. Ja och hon är din mormor. Din mor Rose är Roisin, dotter till Flores och min bror.

- Ja, Flores var syster till Carmina och gift med min bror. Han var sjöman när de  träffades för första gången. Hans båt låg förtöjd i La Stadas hamn. Flora eller Flores som hon hette på den tiden var med barn så min bror smugglade ombord henne på båten.  Hon fick missfall och förlorade barnet. Han tog hand om henne, de gifte sig och fick två döttrar. Din mor Rose, eller som hon hette då, Roisin och Callista som var den yngsta av dem båda.

- Så då, så då är vi släkt med mannen i sal 27?

- Ja, sade Jim och drog på smilbanden. Jag tror att han är Sebastian/Orfhan eller vad han nu kallar sig. Flora hade fått syn på artikeln som jag hade fått av Eduard Durante. Hon berättade för mig att hon var släkt med Carmina. Hon bad att få följa med mig till Nordlandet.

- Vad hände?

- Floras barn, din mor och hennes syster blev hemskt ledsna och besvikna på sin mor eftersom hon hade bestämt sig för att stanna kvar. Hon ville sköta om sin syster Carmina. Så hon stannade kvar. Och jag tog med ungarna hem till mina föräldrar, till deras farfar och farmor. De hade skolan att tänka på.

- Jag fick aldrig träffa min mormor, sade Lilly med en klump i halsen.

- Nej. Hon stannade och hjälpte Alfredo att sköta om Carmina. Och efter diktator Nazurs fall året därpå (en oblodig militärkupp ledd av överste Sulla) återvände de till sitt hemland, Terra Mondial. Flora skrev ett flertal brev hem och i ett brev önskade hon att döttrarna skulle flytta ner till henne. Men så blev det inte. De hade vänner, skola och pojkvänner som de inte ville lämna. De bad istället sin mor att komma hem. Men hon kom aldrig.

Din mor gifte sig 1959 och så föddes du 1960. Din moster Callisia gifte sig senare. Hon fick också en dotter, Rose-Marie. Men ni kommer visst inte så värst bra överens, du och din kusin. Eller? Men hon döpte i alla fall sin son efter mig. Det tyckte jag var snällt.

Men som du kanske vet så har varken hon eller Jim junior haft det så lätt efter att hennes man dog. Jag menar med alla män som...

Lilly nickade och tänkte på sina egna erfarenheter med män. Det skulle väl mer kunna kallas för fadäser. Hon och män gick inte ihop. Det var väl därför hon fortfarande var singel och barnlös vid fyrtio-ettårsålder.

Hon såg på Jim som hade somnat och kom att tänka på Jim junior. Skulle inte han komma på besök idag?

## BIBLIOTEKET
### Den finnige lyssnar nyfiket

- Så du blev skickad till din far i Nordlandet, frågade den finnige.

- Jo, Gasparo såg till att jag kom över gränsen och hem till far och mor.

- Din mor? Så hon levde alltså?

- Ja, far hade hittat henne i Nordlandet. Hon låg på lasarettet efter en bilolycka. Sedan om man kan kalla det för att leva, att vara inlagd på en psykavdelning. Tja? I alla fall, det första hon gjorde när hon fick syn på mig var att titta mig bakom öronen. Då tyckte jag att det var mycket konstigt. Men nu vet jag att det var födelsemärket hon letade efter. Men då kändes allt så overkligt och konstigt.

Då jag stod framför mannen och kvinnan som skulle ta över rollen som mina föräldrar kom existensångesten. Identitetskris. Jag fick panik. Allt blev så overkligt, som om jag befann mig i en dröm och snart skulle vakna upp hemma hos fader Luka. Och jag tror att de också måste ha sett mig som en främling lika mycket som jag såg dem som sådana.

- Och?...

- Vi försökte lära känna varandra på nytt. Jag fick berätta om min barndom, den som de inte fick vara med om. Alfredo berättade om sig själv och om hur han träffade min mor. Han berättade om tiden då han satt inspärrad. Om dopet och att han trodde att han aldrig någonsin skulle få se mig igen. Han trodde jag var död.

(här tar den gamle en paus)

- Jag och mina nya föräldrar flyttade året därpå tillbaka till Terra Mondial efter det att militärdiktaturen hade fallit. Vi fick en ny president. En Darius Orf, liberal advokat som ofta talade stort om rättvisa, jämlikhet och om mänskliga rättigheter, men som det senare skulle visa sig, inte själv kunde leva upp till det han sade sig stå för.

Makt och pengar förblindar, lite eller mycket, men ens syn på tillvaron blir annorlunda, somliga kan hantera det, andra inte.

Man hade frågat far om han var intresserad av att sitta med i den nya regeringen, men far hade avböjt, han hade bara ett intresse och det var att ta hand om sin kära hustru, min mor.

Far som hade skrivit så många dikter om kärlek hade själv svårt att visa känslor. För mig. Han hade blivit fåordig och inbunden.

-Vi försökte... men.

- Jag var tonåring som du, sade de gamle och tittade på den finnige. Du vet själv så rastlös och osäker man kan vara. Man vill både vara rebell och vuxen. Men också föräldrarnas lilla gunstling.

Jag behövde kärlek, men det var svårt att kräva det av människor som för mig kändes som främlingar. Och jag tror att far också kände så. Far hade inte haft det lätt han heller. Sitta inspärrad en massa år och inte veta om man ska komma därifrån med livet i behåll. Och hela tiden undra över vad som hänt fru och barn. Sådant sätter sina spår.

Alfredo, min far började så småningom skriva igen och jag började på universitetet, utan att ha den blekaste aning om vad jag ville bli.

Jag var en rastlös yngling som inte visste vad jag skulle göra med mitt liv. Men jag tyckte mycket om att läsa, så jag anmälde mig till en kurs i litteraturhistoria. Och glädjen höll i sig. Mycket var nog fader Lukas förtjänst. Det var han som hade givit mig orden. Det var han som hade lekt fram alfabetet när jag var liten. Det var också han som hade haft alla de spännande böckerna.

Och musiken, vi får inte glömma musiken. Jag hade under studietiden ett deltidsjobb på biblioteket, och jag kommer så väl ihåg att jag köpte en flöjt för mina första slantar. Och varje gång jag spelade på den dök minnena av far upp när han satt utanför vårt hus och täljde på sina flöjter. Och mor, mina syskon och byn där jag hade lekt som liten. Åh, vad jag saknade dem.

- Men hur kommer det sig att du är här? frågade den finnige.

- Oj! vad vi har bråttom att hoppa i tid och rum. Ni ungdomar, ni ungdomar. Ni rastlösa själar. För er är att ha brått inte tillräckligt fort. Och jag ser nu att tiden är långt gången och det är tid för mig att gå. Om du vill höra fortsättningen på min historia så kan du komma i morgon samma tid. Jag kommer att vara här. Var skulle jag annars vara?

# JIM OCH BÖRJAN PÅ SLUTET

Jim vaknade av att det satt någon och mumlade vid hans sida. Först trodde han att det var prästen som hade kommit för att ge honom sista smörjelsen. Men så kom han på att han inte var med i någon religiös församling. Han kisade mot ynglingen som inte hade märkt att han hade vaknat. Jim såg att han satt och bläddrade i en bok.

- Hej, Jim junior, viskade han fram.

Grabben tittade upp och slog igen boken.

- Hej, farbror Jim. Hur mår du?

- Bättre nu när du är här.

- Lögnare! sade Jim junior och klappade Jims vänstra hand. Lögnare.

- Vad läser du för något, undrade Jim och nickade svagt med huvudet mot boken som låg i Jim juniors knä.

- Det är en bok som jag hittade på biblioteket. Den handlar om modiga män som med hjälp av pamfletter störtar en diktator. Jag tror att vi ska döpa om vår aktionsgrupp efter vad de hette. "Röda Pamfletternas Brigad".

Jim log. Den grabben har då ingen brist på fantasi. Men grabben måste göra någonting åt sina finnar. Hur ska han annars hitta en kvinna, och få en arvinge som kan föra vår historia vidare.

# EPILOG

Den gamle mannen reste på sig, tog sin käpp och tackade Jim junior för en trevlig pratstund. Den gamle mannen gick ut till en kall och frusen februarikväll. Stjärnorna gnistrade som diamanter på himlavalvet. Han log, sedan föll han. Kanske halkade han. Kanske var det en hjärtattack. Promenadkäppen som var prydd med ett indianhuvud sprack lite i fallet och något inuti glimmade till... som om det voro av silver.

## BREVET I LÖNNFACKET

### SEBEDAIOS
La Stada, år 1789

" Jag skriver dessa rader för att jag vill och hoppas att någon i framtiden ska läsa dessa rader och förhoppningsvis förstå. Förstå varför jag gjorde som jag gjorde och inte döma mig utan att ha hört min version av historien. Och att börja med en presentation av mig själv kan vara på sin plats: Mitt namn är Sebedaios, abbot på klostret Terra-Collell. Jag är fyrtiosju år gammal och äldsta barnet till Anna och José

Almeria. Min far var fiskare liksom hans far och far-
far. Fiskeyrket gick  generationer tillbaks i tiden och
ska ända med mig.

När jag var tjugofem år fick jag mitt kall. Herren
kallade på mig och jag lyssnade. I många år vandrade
jag land och rike runt och förkunnade Herrens ord.
Men hur mycket jag än predikade om Guds kärlek
och om att det är  saligare att ge än att få, så såg jag
att verkligheten är mycket mer än bara ord. Visst kan
ord mätta en själ som törstar, men de fyller inte ma-
garna på dem som inget bröd har på sitt bord.

Verkligheten är att få har mycket och många har
lite. Och det är de få, de rika som styr. Monarkin,
kyrkan och adeln. Och det är inte den ” treenighet”
som människan ska följa.

Jag blev trött på orättvisorna. Jag ville göra nå-
got. Och det har jag gjort. Men det är speciellt en vik-
tig händelse som jag vill berätta om. Den kommer
här och den är sann:

En natt för två dagar sedan knackade en främ-
ling på vår port. Det var pater Jacob som öppnade
och släppte in mannen. Ja, det var en man och han
var i dåligt skick. Han yrade, och hade feber. Vi lade
honom i en ledig cell. På morgonen efter bönen tit-
tade jag till honom. Han var vaken och han berättade
för mig något mycket märkligt. Han berättade för
mig att han hette Pierre Zolá och var guldsmed. Bis-

kop Roche hade kallat på honom en dag för att göra ett arbete. Han hade tackat ja till uppdraget. Uppdraget var att kopiera en flöjt. Då visste han inte att det var hövding Mancos flöjt. Biskop Roche ville ha en kopia av flöjten i silver. Flöjten var i mycket dåligt skick. Så Pierre Zolá tog sig an jobbet och gjorde en tre decimeter lång silverflöjt. Med tecken och noter, som orginalet. Men biskop Roche var snål och gnällde att flöjten inte gick att spela på. Så biskopen ville inte betala vad de hade kommit överens om. (Allt jobb utfördes i kyrkans egen smedja som var ett annex till  katedralens gravkor). Pierre Zolá berättade att han hade kopierat nyckeln till katedralens hemligaste rum, skattkammaren, där flöjten låg. Och han ville ha betalt, så en kväll tog han sig in  i skattkammaren och stal tvåtusen guldmynt som låg i ett bleckskrin och silverflöjten. Vad han inte visste var att guldet var förgiftat. Just för att förhindra stöld hade kyrkan besprutat sina värdeföremål.  Det berättade pater Joshua för mig. Han hade tillhört bishop Roche närmsta krets och som nu är hos oss. Pierre Zolá visste inget om detta utan hade bitit i guldmynten för att se om de var äkta. Och nu låg han alltså här och var döendes. Han frågade efter bleckskrinet och jag sade till honom att inte oroa sig. Skrinet låg under hans säng.

När Pierre Zolá dog, och det gjorde han på eftermiddagen samma dag, öppnade jag skrinet och såg allt guld. Guld lockar och det lockade på mig. Jag kunde inte stå emot. Och nu är jag sjuk. Ni som eventuellt hittar detta dokument tillsammans med en kropp ska veta att det är Pierre Zolás. Vi begraver honom tillsammans med guldet och silverflöjten. Vi tvättar detta Pizarros guld med dess förbannelse för att vara säkra på att ingen annan ska bli förgiftad.

Jag har inte långt kvar. Jag har inget att förlora med att locka till mig kungens män. De vet nu att det är jag som skrivit pamfletterna. Det är bättre att dö för deras spjut än att dö av skammen av att jag lät mig lockas till dödsriket av min svaghet för guld."

Sebedaios
*Cuiusvis hóminis est errare*

# LATINSKA ORD SOM ÅTERKOMMER I BOKEN

*Ars longa, vita brevis*= Konsten är lång, livet kort.

*Alea iacta est* = Tärningen är kastad.
(Caesar när han korsade floden Rubicon)

*Cui bono* = Till vems gagn/fördel.  (Cicero)

*Amor vincit omnia*= Kärleken övervinner allt.

*Via Dolorosa*= Smärtans väg. (Vägen upp till Golgata)

*Errare humanum est, ignoscere divinum*=
Att fela är mänskligt. Att förlåta är gudomligt.

*Corpus delicti*= Brottets kropp.
Synligt bevis på ett begånget brott.

*Ave Maria, gratia plena*=  Hell dig, Maria, full av nåd.
(början på katolsk bön)

*Dixi et salvavi animam meam*=
Jag har talat och räddat min själ.

*Dominus tecum*=  Herren vare med dig.

*Cuiusvis hominis est errare*= Vem som helst kan fela. (Cicero)

# TERRA MONDIAL
## LANDET BORTOM HORISONTEN

Boken handlar om poeten Alfredo Como som blir inspärrad av diktaturregimen. Hans fru, Carmina blir brutalt överfallen och deras son försvinner. Vad tänker rebelledaren och tillika Carminas bror Gasparo göra åt det?

En by  bränns ner. Vad tänker fader Luka berätta för Orfhan, grabben som försökte rädda ett lamm?

Inbördeskriget närmar sig. Vad kan Jim från Röda Korset göra? Och har Pizarros guld och dess förbannelse något med mordet på en präst att göra?

Terra Mondial. Landet bortom horisonten
är en fiktiv roman
skriven av:
Robert Vaszi.

# TACK!

Stort tack till Jenna Sandberg som läst, rättat och kommit med förslag i blivandet av denna bok.


Tack släkt o vänner, Gudbarn och alla ni andra som ger livet en mening.